目次

わが家は祇園《まち》の拝み屋さん12

つなぐ縁と満月に降る雨

望月麻衣

角川文庫
22090

プロローグ

浅草《あさくさ》神社の境内は、シンと静まり返っていた。

賀茂澪人《かもれいと》、櫻井宗次朗《さくらいそうじろう》、そして宗次朗の師匠・風林甚八《かざばやしじんぱち》は、言葉もなく自分たちの前に立つ男・谷口透《たにぐちとおる》を見詰めている。

澪人はこれまでずっと、西の審神者頭《さにわがしら》だった谷口が『凶星《きょうせい》』のリーダーではないか、と疑ってやまなかった。

だが、それは違っていた。

谷口も罠《わな》に嵌《は》められた一人だったのだ。

だとしたら……、と澪人は考えを巡らせる。

今回の計画は、西洋占星術を駆使し、組織の陰陽師《おんみょうじ》を操って進められている。

そんなことができる人物は——。

澪人の頭に、ある人物の姿が浮かぶ。

まさか、と思ったが、気付いた今は彼しかいないと感じた。

川瀬博也《かわせひろや》だ。

彼は今、東の本部にいるはずで、そこに小春《こはる》が向かっていた。

「――あかん、小春ちゃんが危険や」

澪人は顔色を失《な》くして、踵《きびす》を返す。

「あ、おい、いきなり、どうしたんだよ？」

宗次朗の声が背中に届いていたが、説明している余裕などなく、澪人は駆け出しながら指笛を吹いて鳥を呼んだ。

四方八方から飛んできた鳥は、即座に澪人が発する意思を受け取って、方々へ飛び去っていく。

黒い羽根が舞い落ちる下、澪人は顔を歪《ゆが》ませる。

「ほんまに、小春ちゃんに何かあったら、許さへん」

境内から出ようとしたその時、

「澪人っ！」

強い腕が背後から伸びてきて、澪人の体を押さえつけた。

「落ち着け！　闇雲に走っても仕方ないだろ。事情を説明しろ！」

澪人は、我に返って振り返る。

背後では宗次朗が息を切らしながら、澪人の体をしっかりと抱き留めていた。

澪人は、逸《はや》る心に苛立《いらだ》ちを抑えられず、奥歯を嚙《か》みしめる。

「……僕は、小春ちゃんに東の本部に行ってるよう伝えたんや。そこが一番安全やと思たからや。そやけど、それは間違いやった。そこに真の黒幕がいてる。そいつは小春ちゃんの力を疎ましく思うてたんや。小春ちゃんが危ない」

「分かった。それじゃあ、すぐにバイクを……」

宗次朗はそこまで言いかけて、何かを見つけたように顔を上げた。

「？」

澪人も奇妙な気配を感じて、前方に視線を向ける。

鳥居の下に赤い前掛けをした三毛猫が座っていたのだ。

こちらを意味深に見詰めていた。

「なんだ、あの猫？　普通の猫じゃないよな？」

「あの子は――コマや」

澪人は足早にコマの許《もと》に向かった。

＊＊＊

小春は、気が付くと見覚えのない部屋にいた。

東の本部ビルの地下駐車場で不思議な少年に術を掛けられ、そのまま意識を失っていたのだ。

その間に、どこかに運ばれていたようだ。

小春がいる部屋は、現代的なオフィスの一室という雰囲気だ。白いテーブルに白いソファー、大きなテレビがあり、窓にはクリーム色の遮光ロールカーテンが下りている。ここからは外の様子が分からない。

今、小春は、後ろ手と両足首が縛られた状態でソファーの上にいた。

もどかしさに体を揺すりながら、目の前に立つ少年を見上げる。

小春の前に立ち塞《ふさ》がっているのは、髪も肌も睫毛《まつげ》さえも白く、極端に色素の薄い、純白の少年だ。

まるで外国人のようだが、顔立ちはすっきりとした和顔だった。

少年は、藤原《ふじわら》千歳《ちとせ》、と小春に名乗り、彼は得意気な表情で胸に手を当てていた。

「そう、僕はね、選ばれた人間で、『神の器』なんだ」

彼は、爛々《らんらん》と目を輝かせている。

「…………」

その目を見て、小春の背筋に悪寒が走った。

こういう目をした人間は危険だ、と自分の内側で警鐘が鳴っている。

自分を『神』に近しい者だと信じている者が放つ光。

自信に満ち溢《あふ》れているのに、虚無の影が見えるのだ。

まだ幼い彼が、どうしてこんな目をするようになったのか……。

小春は、少年の背景を知りたいと、千歳と目を合わせた。

ぐっ、と額に力を込めた瞬間、ばちん、と痛みが走った。

額に電流が走ったような衝撃に、小春は仰《の》け反る。

「！」

咄嗟《とっさ》に額に手を当てようとするも両手を拘束されているので、何もできず、ただ顔を強張《こわば》らせるしかない。

「無駄だよ、小春さん」

千歳は、小春の許に歩み寄りながら、愉快そうに笑う。

「川瀬さんに聞いたよ。あなたは人の心が読めるんだよね？　たしか目を合わせると読めるとか？　だから今、僕の心を読もうとした」

川瀬さんとは、東の陰陽師の川瀬博也のことだ。

小春は、川瀬と二人で地下駐車場に下りた時、彼が黒幕だと気付いた。心のどこかで信じられない部分もあった。いや、信じたくない気持ちと言った方がいいかもしれない。

同じ西洋占星術を学ぶ者として、小春は川瀬を尊敬していたのだ。

だが、今の千歳の言葉で、決定的なものとなった。

やはり、川瀬は『凶星』のメンバーだったのだ。

「僕の心を読みたい？」

そう言って千歳は鼻先が触れ合う距離まで小春に近付いて、しっかりと視線を合わせる。

「どう、読めるものなら、読んでみなよ」

千歳は、嘲笑《あざわら》うように言う。

彼の目を見て、小春の体に再び悪寒が走った。

何も見えなかったのだ。

それは、心の中だけではない。

本当なら、その瞳《ひとみ》には小春の姿が映っているはずだ。

不思議なことに、それさえも見えない気がしたのだ。

なおかつ奇妙なのは、今も額がズキズキと痛むほど千歳が放ったエネルギーは強力なのに、彼からは特別な霊力を感じない。

彼から発せられるエネルギーの大きさは、一見すると普通の人のようだ。

時に、霊能力者の中でも、自分の特別な能力を隠すように生きてきた者は、自らのエネルギーを外に気付かせないために自然とそうなってしまう場合がある。

仲間の三善朔也《みよしさくや》がそうだ。

だが、千歳は朔也とも、どこか違っている。

この感じは、まるで、今朝訪れた日比谷《ひびや》神社のようだ。

その地は、清涼感に包まれているのに、地下には今にも噴火しそうなマグマが潜んでいた。

千歳は自分の意思で、自らの巨大な力を内側に隠しているということだろうか？

なんにしろ、やはり彼は、ただ者ではない。

千歳は小春から離れて、屈託のない笑みを見せた。

「それはそうと、拘束するような真似をしてごめんね。僕たちは、あなたに危害を加えるつもりはないし、仕事が終わったらすぐに解放するから。なんだか川瀬さんとあの人は、随分とあなたを警戒しているようでね」

「あの人？」

千歳は小春の問いかけを無視すると、そうそう、と思い出したように顔を上げ、

「あなたのバッグやスマホはこちらが預かっているんだけど、帰す時にちゃんとお返しするよ」

と、言いながら、小春の手首の拘束を解《と》いた。

「足の方は後から自分で解《ほど》いてね。お菓子とかパンとかおにぎりがそこのビニール袋に入ってるから、お腹がすいたら好きな物を食べて。あとトイレはそこね」

千歳はテーブルの上のビニール袋や、部屋の隅にある扉を指差し、

「退屈だろうから、テレビも好きに観ていいから」

そのままリモコンを手にして、テレビの電源を入れた。

たまたま画面に映ったのは、旅番組だった。

「これ、良さそうだね。なんとなくだけど、小春さんはこういうの好きそう」

と、千歳は、愉《たの》しげに口角を上げる。

「…………」

テレビをつけてくれたおかげで時間が分かった。

今は、まだ午前九時台。

意識を失っていた時間は、思ったよりも短かったようだ。

それじゃあ、と千歳は背を向ける。

小春はその小さな背中に向かって「ねえ」と呼びかけた。

「あなたが言う『仕事』って、日比谷神社の地下に封じた禍津日神《まがつひのかみ》を解放させることなんだよね？」

千歳は足を止めて、何も言わずに振り返る。

「いよいよ、決行に向けて動き出そうとしてるんだよね？」

満月になるのは、明日。

十八時五十八分。

『凶星』が禍津日神の解放に向けて動き出すのは、これからだろう。

千歳は少し得意気に、小春を見据える。

「まぁね」

小春は、前のめりになって口を開いた。

「千歳君は、それがどういうことか分かってる？　どうなってしまうか……」

千歳は、やれやれ、と、うんざりしたように肩をすくめた。

「なんにも分かってない人間って、すぐそういう風に言うよね」

「どういうこと？」

「どう、って言葉通り」

「私が何も分かってない？」

「そうだよ。分かってないから、僕たちの邪魔をしようとする。あそこのエネルギーを鎮静化させたのは、あなたと西の審神者頭《さにわがしら》なんでしょう？　せっかく、いい感じに高まっていたのに、一気に鎮まり返るんだもん」

千歳は、はぁ、と息をつき、

「まぁ、けど、あなた方がやったのは、今にも沸騰しそうだった湯に水を注いだだけのことで、また、火にかけたらそれまでだから」

すぐに、にこりと目を細める。

「どうしてそんなことをするの？　あの神を解放したら大変なことになってしまうんだよ？」

小春が諭すように訴えるも、千歳はまるでどこ吹く風だ。

彼は事態を分かっているのだろうか、と小春は息を呑む。

人は誰しも、負の面を持っている。

憎い相手を消し去りたい、豊かな者から金品を盗み出したい、自分にはないものを持っている者を陥れたい――。

そうした負の想いは、大抵の場合は、妄想の域に留《とど》まる。

理性で抑えて、実際には、実行へ移さないものだ。

だが、大きな『魔』に憑《つ》かれたら、話は別だ。

負の感情に『魔が差す』ことで、理性が崩れる。

普段なら絶対にできないことが、できてしまう。

大きな犯罪に走ってしまうのだ。

今のストレス社会だ。

負の感情を抱いている者たちで、世は溢《あふ》れ返っている。

そこに禍津日神の『負』のエネルギーが放たれたら、多くの人たちが『魔』に憑かれてしまう。まるでウイルスのように東京から日本中に広がって、犯罪者が蔓延《はびこ》る世になってしまうだろう。

この国は人の姿をした鬼たちが跋扈《ばっこ》する、目を覆いたくなるようなおぞましい世界になってしまうかもしれない。

親が子に暴力を振るい、夫婦が傷つけ合い、青年が同僚や上司を惨殺する。

殺人、放火、窃盗、強姦《ごうかん》、それが、たくさんの人の周りで、日常的にごく当たり前に行われる世の中になる可能性だってあるのだ。

千歳は冷ややかに一瞥《いちべつ》をくれた。

「この国がもう終わってるからだよ」

「終わってる？」

「そう。豊かだった頃の幻想を引きずったまま、今も先進国だと信じているけれど、本当は貧富の差が激しくて、それを臭い物に蓋《ふた》をするように見て見ぬ振りをしている。心まで貧しくてすさんで、どこもかしこも腐ってしまってる」

千歳の体から、怒りの感情が溢れてくる。

「僕たちがやるのは世直しなんだ。一度壊して、すべての膿《うみ》を出し切って、立て直す必要があるんだ」

千歳は口角を上げているけれど、目は笑っていない。

憎悪の感情が彼の周りに渦巻いていた。

その迫力に気圧《けお》されて、小春は何も言えなかった。

黙り込んだ小春に、千歳は嬉《うれ》しそうに目を細める。

「分かってくれて嬉しいよ。それじゃあ大人しくしていてね。まぁ、騒いでも構わないけど。どうせ誰も来ないし」

千歳はそう言って、そのまま部屋を出て行った。

「……どうしよう」

小春のつぶやきは、テレビから流れる明るく賑《にぎ》やかな声にかき消された。

第一章　少年の記憶。

一

澪人と宗次朗は、自分たちの前に現われた三毛猫・コマを連れて、浅草の和菓子店『風林堂《ふうりんどう》』に戻っていた。

ここは宗次朗の師匠の店であり、谷口透の生家だ。

父子間の確執により、二十年近く実家に帰っていなかった谷口は、家に足を踏み入れる際、躊躇《ためら》いがちな様子を見せていた。

二階の和室に座っている今も、どこか居心地が悪そうにしている。

谷口は部屋を見回し、ウーパールーパーの水槽を見付けて、驚いたように目を見開いた。

即座に、父親である師匠を見る。

どういうことだ？　と、その視線が訴えていた。

というのも、かつて師匠は、『生き物は絶対に飼わない』と息子の希望を突っぱねていたからだ。

なぜ、生き物がいるんだ？　という露骨な視線を受けて、師匠は、誤魔化すように咳《せき》ばらいをした。

そのまま座布団にちょこんと座っているコマに視線を移し、

「うちは、盲導犬や介助犬以外の毛が抜ける動物は入店禁止にしているんだが、その猫は私の目にも見えるけれど、霊なんだよな？」

と、ウーパールーパーを飼っている言い訳を含めながら訊《たず》ねた。

かつて師匠は強い霊力を持っていたが、その力は薄れてしまい、今となっては人ならざる者の姿を見られない、普通の人になっていた。

だが、コマの姿は確認できているようだ。

澪人は、そうですね、とコマに視線を移す。

「コマは、浅草の地を護《まも》る精霊で、言うたら浅草の狛猫《こまねこ》です。普段は、普通の人には見えない存在なんやけど、今、師匠にコマの姿が見えてることは、この子はあえてあなたにも姿を見せてるんやと思います」

へぇ、と師匠が相槌《あいづち》をうつ。

「ほんで、この子は小春ちゃんの側にいたはずなんや」

やはり、よっぽどのことがあったに違いない、と澪人は焦る心を抑えながら、腰を上げて優しくコマを抱き上げる。

その際、あらわになった猫の腹部側を見て宗次朗が、んん？　と目を凝らした。

「その猫、オスだったんだな」

「三毛猫はメスしかいないと思ってた」

と宗次朗に続き、師匠も意外そうに言う。

「ええ、たしかに三毛猫はほとんどメスて言われてますけど、ごく稀《まれ》にオスもいてる。ほんまに珍しいて話やけど。それに、そもそもこの子は普通の猫やあらしまへん」

澪人はその場に座り、コマの頭に手を当てた。

その姿を見て谷口は、思い出したように声を上げる。

「そういえば、澪人君は、動物と言葉を交わせるんだったな」

「交わせるどころか、動物を操れるんですよ、この男」

わざとらしく恐ろしそうに言った宗次朗に、澪人は一瞥《いちべつ》をくれる。

「『操る』て。意思疎通ができるだけで、そない大袈裟《おおげさ》なもんとちゃうし、小春ちゃんほど、しっかり心を読めたりはできひん。そやけど、今はこの子も僕に伝えたい意思が強いさかい、きっといつも以上に受け取れると思います」

そう話しながら澪人は目を瞑《つむ》り、額に力を込めた。

思っていた通りすんなりと、小春の身に起こった出来事が、澪人の脳裏に広がっていく。

これは、コマが見ていた光景だろう。

コマは、小春が東の本部のビルに足を踏み入れたあたりから姿を消してすべてを見ていたようだ。

川瀬が小春の許《もと》にやって来て地下駐車場に連れ出す様子や、そこに純白の少年が現われて、術を使い、小春の意識を失わせたこと。

さらにワンボックスカーから仲間らしき男が出てきて、川瀬と共に小春を車に乗せる光景が、澪人の脳裏に映し出された。

車から出てきた男の顔を、澪人は知っていた。

西の陰陽師《おんみようじ》・井上《いのうえ》だ。

同じ組織に属しているのだが、活動していたチームが違っていたため、澪人は挨拶《あいさつ》を交わした程度の関わりしかなかった。

澪人が審神者頭《さにわがしら》になった今、彼は澪人の部下になったのだが、元々は谷口の直属の部下で、谷口が失踪《しつそう》した後、ほとんど西の本部にも顔を出していなかった。

周囲の者たちは、井上は谷口があんなことになったから、ショックを受けて谷口のために祈祷している、と思っていたのだが……。
澪人は、考えを巡らせながら、引き続きコマの意識を受け取る。
川瀬と井上は、小春を車に乗せた後、純白の少年の方を向いた。
『千歳様、お疲れ様でした。お見事です』
と、川瀬が拍手をするような仕草をしながら言う。
続いて井上が深々と頭を下げて、車を指し示す。
『どうぞお乗りください』
純白の少年の名は千歳という。
彼は『うん、でも、その前に』と何もない空間に顔を向けて、眉間《みけん》に皺《しわ》を寄せた。
次の瞬間、コマの姿があらわになり、井上と川瀬は驚いたように目を見開く。
『なんだ、その猫は……まったく、気配を感じなかった』
『精霊の類《たぐい》だろう。適当に祓《はら》っておこう』
川瀬は吐き捨てるように言いながら、両手を合わせて印を結び始める。
すると千歳が、サッと手を伸ばして、それを阻止した。
『その猫は、神様の遣いだから祓っちゃダメだよ』
――はっ、と川瀬は手を下げる。
千歳は、コマの許に歩み寄った。

『こんにちは、猫さん』

コマは、千歳を前に恐怖を感じているようで、視界が揺れている。

『そんなに怖がらないで。神様の遣いに仇《あだ》をなすようなことはしないから』

優しい口調に、コマも落ち着いたようだ。

『そして小春さんのことも心配しないで。少しの間大人しくしてもらうだけで、危害を加えるつもりはないし、仕事が終わったら、すぐに解放するから。約束する』

千歳は、優しくコマの頭を撫《な》でる。

『だけど、ごめんね。僕たちはどうしても邪魔されたくないんだ。これ以上君に尾行されたくないから、猫さんには自分のおうちに帰ってもらうよ。──今すぐに』

戸惑う間もなく、次の瞬間、景色が真っ白に変わった。

衝撃はなかったが、体が弾《はじ》き飛ばされたようだ。

気が付くとコマは浅草にいて、澪人たちを見付けたのだった。

──そんなコマの意思を受け取った澪人は大きく息を吐き出して、顔を上げた。

「小春ちゃんがどうなったか、分かりました」

澪人は今、コマから読み取った出来事を皆に話して聞かせた。

やはり『凶星』のリーダーは川瀬であり、千歳という純白の不思議な少年と共にいること。また西の陰陽師・井上もメンバーだったと伝えた。

すると谷口は、そうか、と残念そうに目を伏せる。

「やはり、井上も仲間だったか……」

井上は、谷口が可愛がっていた部下だった。

谷口はそんな井上から、『一条戻橋《いちじょうもどりばし》にとんでもないものがいるんです』という報告を受けて、確認に行ったところ、純白の少年に出会い、掌《てのひら》で胸を叩《たた》かれた。

その際に、『魔』を受け取ってしまい、自分を抑制できなくなったのだ。

谷口は、嵌《は》められたと自覚していながら、心のどこかで部下である井上を信じていたのだろう。

井上の裏切りがハッキリし、谷口は無念そうだ。

「今、早急に川瀬さんのことを信用の置ける陰陽師に調べてもろてます。彼の過去が分かれば、何か手掛かりが摑《つか》めるかもしれません」

「そうだな」

谷口は沈痛の面持ちで頷《うなず》いた。

それで、と宗次朗は前のめりになる。

「小春は、どこに連れて行かれたんだ？」

澪人とコマは、同時に首を横に振った。

「コマは途中で弾き飛ばされてしもて。そやけど、小春ちゃんに危害は加えないし、仕事が終わったら、解放するてコマに約束してました」

コマは、簡単に弾き飛ばされてしまった自分を恥じているようで、ごめんなさい、と言うように、頭を下げる。

宗次朗は、いいよ、とコマの頭を撫でた。

「伝えてくれてありがとな。とりあえず小春の身は大丈夫そうだな。まがりなりにも、神の遣いに約束したんだ」

「ええ、自分もそう思います。そやけど、『そんなの信じられへん』て、気持ちもあって」

澪人は低い声で言って、顔を歪《ゆが》ませる。

今すぐに小春を捜して回りたいという澪人の気持ちが、皆に伝わっていた。

「だから、落ち着け、澪人」

宗次朗は、澪人の双肩をつかんで、顔を覗《のぞ》き込む。

「今すぐここを飛び出して、小春を捜しに行きたい気持ちは俺も同じだ。でも闇雲に動き回っても時間を無駄にするだけだし、そもそも焦りは良い結果を生まない。いいか、まず頭の整理をしろ。今、しなければいけないことはなんだ？　お前がそんなんじゃ、相手の思うつぼだぞ」

「思うつぼ？」

澪人は瞳《ひとみ》を揺らして、宗次朗を見詰め返す。

「ああ。小春を攫《さら》うことで、澪人を動揺させるのも奴らの狙いじゃないのか？」

宗次朗の言葉を聞き、そうか、と谷口は納得した様子を見せる。

「彼女を拉致《らち》することで、澪人君は彼女捜しに没頭する。結果的に二人の動きを封じられるというわけか」

澪人は、悔しげに髪をかき上げてつかんだ。

「そうやね、ほんまや」

「まずは、深呼吸しろ」

ぱんっ、と宗次朗は、澪人の背中を叩く。

「………」

澪人は言われた通り、素直に深呼吸をした。

大きく息を吸い込んで、吐き出す。そうやっていくうちに、徐々に熱くなった頭が冷静になっていく。

「――たしかに、小春ちゃんの身は安全やと思う。何より、いざとなったら若宮《わかみや》様が黙ってへん」

「そうだ、小春には、あの黒龍《こくりゅう》がついていたな。最強セキュリティだ」

「そうやね。あの方が側にいたはるんやったら、大丈夫や」

若宮の存在を思い出し、澪人は心がさらに落ち着くのを感じた。

若宮には謎が多く、得体のしれないところがある。

だが、小春のことは、とても大切に想っている。

絶対に彼女の身は護《まも》るだろう。

それは、理屈ではなく、澪人の中にある確信に近い、信頼だった。

「それで、『凶星』が小春を拘束したってことは、いよいよ、奴らが動き出すってことなんだな？」

「ええ、彼らは、満月に禍津日神を解放するはずや」

「満月か……」

宗次朗は話しながらスマホを操作して確認し、弾かれたように顔を上げた。

「明日じゃないか」

「ええ、明日の十八時五十八分に、月は真円を描きます」

「大体夜の七時か」

それまで二人の会話を黙って聞いていた谷口と師匠は、明日と知って、ごくりと喉《のど》を鳴らした。

なるほどなぁ、と宗次朗は腕を組んだ。

「さっき谷口さんが言ったように、奴らは今日、小春を攫って軟禁状態にすることで、小春に邪魔されなくて済むし、動揺した澪人は『凶星』の阻止よりも、小春捜しを優先にする。その上で、自分たちは滞りなく仕事を行うって算段か――なかなか、分かってる奴らだな」

と、宗次朗は少し感心したように頷き、澪人を横目で見た。

「それじゃあ、どうするよ、リーダー」

宗次朗の試すような視線を受けて、澪人は口角を上げる。

それまで平静さを失っていた澪人だが、すでに冷静さを取り戻していて、その眼差《まなざ》しは強い光を宿していた。

「たしかに奴らはよう分かったはる。そやけど、分かってへんこともあります」

分かってないこと？　と皆は澪人に注目した。

「今ここに、皆さんがいてるてことや」

澪人はそう言って、皆の顔を見回した。

「浅草神社の神の遣い・コマに、西の審神者頭《さにわがしら》を務めた谷口さん、そして京都の結界を張り直した第一の功労者である宗次朗さん。すごいメンバーやて思います。彼らは、僕が皆さんと行動をともにしてることを知りまへん。小春ちゃんを奪った今、僕が一人やと思ってるはずです。奴らの企《たくら》みを止めるには皆さんの力が必要です。ご協力お願いできますやろか？」

深く頭を下げた澪人に、宗次朗、谷口、コマは、もちろん、と頷いた。

師匠も、「力はないけれど、私もなんでも協力するよ」と申し出た。

「おおきにありがとうございます。川瀬の手の者が潜んでいる可能性がある東の本部には戻れへん。師匠、このまま、この部屋をお借りしてもよろしいでしょうか」

「ああ、好きなだけ使ってくれ」と師匠は力強く言う。

「助かります。まずは京都と連絡を取って、作戦を立てな」

澪人はバッグからスマホとタブレットを取り出して用意をする。

その向かい側で、谷口は驚きを隠せない様子で宗次朗を凝視していた。

「谷口さん、俺の顔に何かついてますか？」

宗次朗は小首を傾げながら、自分の頬に触る。

「あ、いえ、失礼しました。京都の結界を張り直したのは、女優をやっているという澪人君のお姉さんと、その彼氏だという話は伺っていたんですが……あなただったんですね。どうりで普通の人とは違うオーラを纏《まと》っておられるはずだ」

感嘆の息を洩《も》らす谷口を前に、宗次朗は、ばつが悪そうに肩をすくめる。

「いや、あれは、彼女の人気があって実現できたことですよ」

「そうだとしても素晴らしいです。宗次朗さん、自分はあなたにお礼を言わなくてはなりません」

「お礼って？」

「恥ずかしながら自分は部下に嵌《は》められて『魔』に囚《とら》われ、正気を失ってしまっていたのですが、あの結界のお陰で自分を取り戻せたんです。本当にありがとうございました」

　頭を下げる谷口に、宗次朗は弱ったように「いやいや」と苦笑する。

　二人の話を聞いて微笑んでいた澪人だが、『結界』と聞き、残念そうに目を伏せた。

「できれば、今日のうちに小春ちゃんと五社を回って結界を張りたかったんやけど、それはさすがに難しそうやな……」

　五社とは、東京の結界のこと。

　表結界は、東京大神宮《とうきょうだいじんぐう》、日枝《ひえ》神社、明治《めいじ》神宮《じんぐう》、靖国《やすくに》神社、大國魂《おおくにたま》神社。

　裏結界は一部表と重複しているが、東京大神宮、神田明神《かんだみようじん》、日枝神社、金刀比羅宮《ことひらぐう》、水天宮《すいてんぐう》だ。

　澪人は、今回の騒動では表の結界よりも、五行の性質がはっきりしていて、皇居を丸く囲むようにしている、裏の結界に重きを置いていた。

　五行の相生《そうせい》に沿って『木』の東京大神宮、『火』の神田明神、『土』の日枝神社、『金』の金刀比羅宮、『水』の水天宮を祈禱《きとう》して詣《まい》り、最後に東京大神宮に戻る。

そうすると、この国の社ともいえる皇居を囲むように円柱の結界ができるのだ。『凶星』によって下げられた波動が一気に回復し、日比谷神社の地下に封じられている禍津日神のエネルギーを抑える力となる。

男女の陰陽師《おんみょうじ》が回ることで、陰陽のエネルギーが発生するため、小春と二人で詣りたいと思っていた。

谷口が、それなら、と目を輝かせて手をうつ。

「また、宗次朗さんと澪人君のお姉さんに詣ってもらうのはどうだろう？　京都の結界の時のような奇跡が起こるかもしれない」

いえ、と澪人は残念そうに首を振る。

「そうしてもろたら最強なんやけど、姉さんは今フランスで……」

フランス？　と、谷口は目を瞬かせる。

師匠がなぜか得意気に、ああ、と頷《うなず》いた。

「杏奈《あんな》さんは、海外の映画賞を受賞したんだ」

「それはすごい……。で、いつ帰国されるんですか？」

期待を込めて問う谷口に、宗次朗は、いやぁ、と苦笑して首を振った。

「もう少し向こうにいると思います。今日の時点ではフランスにいるから、どうやっても間に合わないですね」

「今日、向こうで祝賀パーティがあるて話でしたね」と澪人は相槌《あいづち》をうつ。

「思えば、杏奈が賞を獲《と》ったのは、ついこの前のことなんだよな」

「そうやね。なんや色々あったさかい、えらい時間が経ってる気ぃするけど」

「だな」

宗次朗と澪人は、顔を見合わせて口角を上げる。

その時、澪人のスマホに和人《かずと》からメッセージが入った。

『こちら、京都チームもスタンバイできたよ。今日は、安倍《あべ》家に集まってます』

澪人は頷いて、タブレットをテーブルの上に置いた。

「ほんなら、京都と会議を始めよか。吉乃《よしの》さんにも協力をお願いしたかったんや」

澪人はスマホを手に、吉乃にメッセージを送る。

「ばあさんに？」

宗次朗が小首を傾げたその時、部屋の隅から、カタン、と音がした。

まったく気配を感じなかったため、皆は驚きながら一斉に振り返る。

そこには、もふもふとしていてまるまると太った白い柴犬《しばいぬ》――ではなく、狐神《きつねがみ》コウメの姿があり、澪人は大きく目を見開いた。

「コウメまで、どないしたん」

すぐに駆け寄ると、コウメは、これ、と自らの首に下げているネックレスを澪人に見せた。

コウメの胸元でキラリと光っているネックレスの先には、六角形の水晶が下がっていた。

「これは……」

かつて澪人が、小春にプレゼントしたものだ。

誕生日の当日には渡せなかったが、十七歳の誕生日を祝って贈ったもの。

それ以来、小春は常に身に付けていた。

おそらく、今朝も付けていたはずだ。

「小春ちゃんが、コウメを遣いに寄越《よこ》したんやな？」

コウメは、強い眼差しで頷いた。

二

――コウメが、澪人の許《もと》を訪れる、少し前。

千歳が出て行き部屋に一人きりになった小春は、解放された両手を使って縛られた両足首の拘束を解《ほど》こうと、苦戦していた。

着付け用の腰紐《こしひも》でかなり固く結ばれていたため時間がかかったが、なんとか解くことができた。

手足が自由になり、小春はすぐドアノブに手をかける。

「……やっぱり鍵《かぎ》がかかってる」

当たり前か、と洩らして小春は次に扉を確認する。頑丈な作りであり、小春がどんなに体当たりをしたところで壊れそうにはない。

では、窓からならどうだろう？

ロールカーテンを開けると、窓の向こうには鉄柵《てっさく》がついていた。

外を確認すると木々が生い茂っている。その葉が目隠しになって、ここがどこなのか分からない。

下に視線を落とすと、すぐに芝生が見えた。

「ここ、一階なの？」

てっきり自分は高層ビルなどの高いところにいると思っていたため、小春は拍子抜けした気分になった。

鉄柵を外せたなら、逃げ出すのは可能かもしれない。

小春が窓に触れたその時、手に電流が走ったような痛みが襲った。

どうやら、千歳が術を施しているようだ。

「こんなこともできるんだ……」

なんて強い能力だろう。

今、千歳のエネルギーに触れたことで、先程千歳の心を読もうとして弾《はじ》かれた時に受けた衝撃が蘇《よみがえ》る。

額がズキズキと痛み始め、小春は顔をしかめて、手で押さえる。

部屋の中をうろうろと歩き回りながら、どうしよう、と気ばかり焦っていると、テレビから『それでは、次の神社をご紹介します』という呑気《のんき》な声が聞こえてきた。

「それどころじゃないのに」

小春は、落ち着かない気持ちで、画面に目を向ける。

その番組は、全国の神社特集をしているようだ。

北海道の北海道神宮《ほっかいどうじんぐう》、青森の十和田《とわだ》神社、秋田の太平山三吉《たいへいざんみよし》神社総本宮《そうほんぐう》、山形の出《で》羽三山《わさんざん》神社と北から各都道府県の神社を紹介している。

有名な神社もあれば、知る人ぞ知る神社もあった。

小春は立ったまま、なんとなく番組を眺める。

番組は関西《かんさい》・四国《しこく》地方の神社の紹介を後回しにして、九州《きゅうしゅう》へと移っていた。

福岡県の宮地嶽《みやじだけ》神社が紹介された時、思わず目を奪われた。

創建はおよそ一七〇〇年前。主祭神は、神功《じんぐう》皇后で、大きく太い注連《しめ》縄は、出雲《いずも》大社を抑えて日本一だそうだ。

また、高台の境内から海へとまっすぐ光線が参道に伸びる時期は、『光の道』と呼ばれ、奇跡の光景と謳《うた》われているらしい。

同じく福岡県の神社がいくつか紹介されていた。

太宰府天満宮《だざいふてんまんぐう》や櫛田《くしだ》神社、警固《けご》神社などが画面に映る。

「……警固神社って、少し変わった名前……」

警固神社は、大直毘神《おおなおびのかみ》という神が祀《まつ》られていると説明をしている。

その後、宮崎県の高千穂《たかちほ》などの紹介を経て、四国は香川県の金刀比羅宮の紹介をしていた。

長い階段を梶原秋人《かじわらあきひと》という俳優が、ひーひー、言いながら上っている。

『この金刀比羅宮では、江戸時代、飼い犬が飼い主に代わってこんぴらさん詣《まい》りをしたという逸話があるそうなんだけど……、俺も代わりに犬に上ってもらいてぇ！』

そう言ってぼやくも、『けど、秋人君、犬飼ってなかったよね？』と共演者から突っ込まれて、笑いを誘っている。

主人の代わりに『こんぴらさん詣り』をする飼い犬を『こんぴら狗《いぬ》』と言い、今では、それにちなんだ犬の御守などがあるそうだ。

小春は、テレビを観ながら、へぇ、と洩《も》らす。

「そういえば、犬が飼い主の代わりに参拝する話は伊勢神宮《いせじんぐう》でも聞いたことがあった気がする……。たしか、お伊勢さんでは、『おかげ犬』って言ったんだよね」
気が付くとテレビに夢中になっていた自分に気が付き、小春は頭を振った。
「テレビを観てる場合じゃなかった」
リモコンを持って、テレビの電源を切る。
一気に、部屋が静まり返った。
シン、としたことで、ふと、何かの気配に気が付いた。
その気配は、かなり微《かす》かなものだ。
嫌な感じはせず、どちらかというと、馴染《なじ》みのあるものだった。
小春は、意識を集中させて気配を探る。
何者かがソファーの陰に隠れているのが分かった。
そこにいたのは、まるで柴犬のような顔。
丸い体は、白くてもふもふしていて、尾が三本ある——。
「コウメちゃんっ!」
声を上げた小春に、コウメはサッと背を向ける。
「どうしたの?」
小春は戸惑いながら、コウメの前に回り込む。
コウメは俯《うつむ》いて、ポロポロと涙を流していた。

「……コウメちゃん？」

小春は屈《かが》み込んで、顔を覗《のぞ》いた。

コウメは同調するように、そっと顔を上げて、視線を合わせる。

〝どうしたら良いのか、分からない〟

目が合うと同時に、そんな想いが、小春の胸に届いた。

コウメは、葛藤《かっとう》しているようだ。

もっとコウメの想いを知りたい、と小春は額に力を込めた。

額に意識を集中したため、再びビリビリと痛みを感じた。

これは今も額に、千歳のエネルギーが残っているためだ。

それを振り払おうと、さらに力を込めた瞬間、額に冷たさが走った。

「っ！」

今度はジワジワと熱さが広がっていく。

「これが、あの子のエネルギー……」

千歳のエネルギーは、熱いものに触れたのに、一瞬『冷たい』と錯覚した時の感じと似ていた。

熱いのに、冷たい。

譬《たと》えるなら、蒼《あお》い炎といったところだろうか。

小春の脳裏に、揺らめく蒼い炎が浮かぶ。

このエネルギーには、覚えがあった。

自分はこの力を知っている気がする。

誰だっただろう？

こんな稀有《けう》なエネルギーを持った人、出会ったら忘れそうもないのに……。

「思い出せない……」

小春は、徐《おもむろ》にコウメの体を抱き寄せる。

コウメに触れたことで、額に残された千歳のエネルギーが、一気に膨れ上がった。

熱いのに冷たい、まさに、蒼い炎に包まれたような感覚が小春の体を包んだ。

ビリビリ、と体が痺《しび》れる。

この感覚をコウメに伝わらせてはいけない。

小春はコウメから離れようとするも、コウメはそれを阻止するように首を振って、しっかりとしがみついてきた。

「コウメちゃん？」

〝受け取って――〟

コウメの意思が伝わり、小春は「分かった」と覚悟を決めて、コウメを抱き締めた。

蒼い炎に包まれる中、小春の脳裏に見たこともない景色が映し出された。

寒々とした空の下、広がっているのは、田舎の景色だ。

これはおそらく、千歳の記憶だろう。

小春は自分の意識を委《ゆだ》ねるように、そっと目を瞑《つむ》った。

＊＊＊

——とても寒い風が吹いてる。

木々の枝についた柿が、今にも落ちそうだ。

頬は乾燥していて痛いほどなのに、鼻先は垂れてくる鼻水の濡《ぬ》れた感触が気色悪くてならない。

ポケットティッシュはすべて使い果たし、仕方がないから電車の刺繍《ししゅう》がしてあるハンカチで鼻を拭《ぬぐ》っていた。

母が以前、『千歳は電車が好きだから』と味気のなかったガーゼのハンカチに刺繍をしてくれたものだ。

その時のこのハンカチは、ふわりと柔らかく花の香りがしていて、持っているだけで嬉《うれ》しい気持ちになった。

今はもう、花の香りはしない。

『ほら、さっさと歩きなさい』

僕の前を歩く母は、あの時とはまるで違っている。髪はぱさぱさで、肌艶《はだつや》がなく、険しい表情のやせ細った中年女性だ。

大きなボストンバッグを手にしていて、苛々《いらいら》しながら僕の手を引っ張った。

『バスが来ちゃうでしょう！』

腕が抜けるのではないかと思うほどに、強く引っ張ってぐいぐい歩く。

この田舎では、一時間に一本しかバスはない。

足早に歩く母から、洟《はな》をすする音が聞こえてきた。

どうやら泣いているようだ。

『あんたなんて産まなきゃ良かった。あんたみたいな化け物……』

洟をすすりながら、母はぶつぶつと言う。

母は機嫌が悪くなると、いつも同じことを言う。

いつものことだとしても慣れはせず、何度でも、ズキン、と胸が痛んだ。

『妊娠していた時は幸せだったのに……生まれてきた子は、外国人みたいに真っ白でさ、不貞を疑われて……』

ズキン、ズキン、と脈打つように胸が痛い。

『田舎だから、「アルビノ」なんて言っても分かるはずもないよね。血液検査までさせられて、ちゃんと潔白だって判明したのに、どこかで疑われてて……その上、今度は、呪われた鬼の子だって』

ははっ、と母は乾いた声で笑った。

——鬼の子。

僕がそう呼ばれていることは、分かっていた。それは他の人とは違って、肌や髪が真っ白だからというだけじゃない。

僕には他の人には見えないものが見えた。

化け物が見えても、黙っていればいいのに、そうはできなかった。

恐ろしくて、混乱してしまうのだ。

……だけど、今度こそ、黙っていよう。

何が見えても、決して口にはしない。

心の中でそう誓いを立てたのに、原っぱの陰に感じた気配に、体が強張《こわば》った。

そっと視線を向けると、真っ黒い影がこちらを窺《うかが》っていた。

体は熊のように大きく、ヘドロのようにぬめっていて、悪臭を放っていた。

おそらくこの土地の悪霊が固まったものだろう。

母が発する負のエネルギーに引き寄せられたに違いない。

悪霊は、自分と目が合うなり、にやりと笑った。

〝憑《つ》きやすそうな女がいると思えば〟

〝この童、わしらが見えているらしい〟

〝面白い、まず童を喰《く》ってやろうか〟

血のように真っ赤な大きな口をぱっくりと開ける。

四つん這《ば》いになって勢いよく近付いてくる悪霊に、

『うわあああああああああ』

気が付くと僕は狂ったように絶叫して、母の足に縋《すが》りついていた。

『なに？　また、始まったの　もういい加減にしてっ！』

母は、うんざりしながら、しがみつく僕を振り払おうとする。

『ああああああああああ！』

僕はそれでも母の足にしがみついて離れなかった。

耐えがたい恐怖の中で、ギュッと目を瞑り、ひたすらに叫び続ける。

『もう、なんなのよ、いい加減にして！　私はあんたのせいで、すべてを失ったんだ！』

母も悲痛に叫んで、僕の頬を平手打ちした。

痛いほどに乾燥した肌を容赦なく叩《たた》かれて、頬がジンジンと痛い。

――いない。

顔を上げると、もう、悪霊の姿はなくなっていた。

周囲を見回しても、もう気配すら感じない。

母は蹲《うずくま》って泣いている。

僕が悪霊を見てパニックになるたびに、母は、こうして泣いていた。

父も祖母も、気味が悪いと僕と目を合わせなくなった。

そうして今、追い出されるようにして、生まれ育った家を出ることになったのだ。

やはり、母や他の人たちが言うように、自分はどこかおかしいのかもしれない。

『ごめんなさい』

謝った僕に、母は下唇を噛《か》んで、立ち上がる。

『早く、バスが来ちゃうでしょうっ』

再び強く手を引かれて、腕が痛かったが、母が自分を捨てようとしなかったのは、ありがたかった。

今度こそ、誓おう。

悪霊を見ても、決して口にはしない。

母を悲しませることはしないと——。

僕たちは、無事にバスに乗り、その足で都会へと向かった。

『もう田舎はこりごりだ。東京がいいよ。仕事もあるだろうしね』

母はよくそう言っていた。

だが、僕には本当の理由が分かっていた。

母は、自分の母親——僕にとっては祖母を捜していたのだ。

祖母は母が小さい時に離婚して、疎遠になってしまったそうだ。

『あんたのお祖母《ばあ》ちゃんは、頭がおかしくなってしまって家を追い出されたっていう話なんだ。離婚した後も何度か私に会いに来てくれようとしたんだけど、家の人が追い返したんだって。そんなお祖母ちゃんなら、もしかしたら、あんたのことも分かってくれるかもしれないね』

そう言って母は東京に移り住んだが、祖母を捜す余裕などなく生活に追われていた。

特に資格を持っているわけじゃない母は、正社員になれず、パート止まり。

月給は、十数万円。家賃、光熱費を支払うと、ほとんどがなくなる。

母子家庭ということで、国からの補助も多少はあったが、雀の涙だ。

父からの養育費もなかった。

僕が小学校に入学する際、母は父に泣きながら電話をして援助をお願いしていたけれど、『あいつは、俺の子じゃない』と、突っぱねるばかりで、『裁判を起こす』と言った母に、父は激高しながら、『これが最後だ』と手切れ金を送ってきたそうだ。

おかげで、必要な物は買い揃えられた。

だが、その手切れ金は瞬く間になくなり、再び生活は困窮した。

まともな食事は、給食だけという日も少なくなかった。

さすがにパートだけでは生活していけないと、母は夜も働きに出るようになった。

昼も夜も働いて、ボロボロなのに、ちっとも生活は楽にならない。

それでも母は世間に対して、生活が困窮しているのを隠し続けていた。

学費や給食費を滞納しないようにしていたし、保護者会には参加して、皆が簡単に支払うランチ代を身を切るような思いで捻出《ねんしゅつ》していた。

僕は母のストレスが、限界に近付いていくのを感じていた。


やがて母は、嫌な雰囲気のある男と付き合うようになった。

男が部屋に来るとき、母は決まってこう言った。

『ちょっと公園で遊んでいてよ』

外に出されるのは、夕方だ。

僕は日が暮れても家に帰れず、公園のブランコに座っていた。

時々、悪霊が現われて、脅かしてこようとする。

この頃の僕は、もう泣き叫んだりはしなかった。

悪霊を強く睨《にら》むだけで祓《はら》えるようになっていたのだ。

幼い頃も気付いていなかっただけで、祓ってはいたのだろう。

自分は人よりも霊感が強く、悪霊を祓う力があると自覚し始めていた。

だけど、そんなものが何の役に立つのか。

お腹を空《す》かせて、家にも入れず、ブランコに座っているだけ。

通り過ぎる人たちは不審そうにしていたけれど、大抵は見て見ぬ振りをするだけだ。

時々、通報もされていたようだ。

だけど人一倍、勘が鋭い僕は、警官が近付いてきていることが分かると、その前に身を隠して、事なきを得ていた。

唯一、この力が役立ったといえるだろう。

だけど思えば、補導された方が良かったのかもしれない。

母はどんどんその男にのめり込み、僕のことが見えなくなったのではないかと思うほどだった。

ある日のことだ。

その日は、男が来る曜日だったが、夕方になっても、母は僕に家を出るように言わなかった。

どうやら、彼と別れたようだ。

生活が苦しくて、食事にも困るくらいなのに、どうやってなのか、母は彼に貢いでいた。

だが、母からこれ以上金を引っ張れないことを察し、男は離れていったのだろう。

母は壁にもたれ掛かるように座ったまま、ぼんやりと夕陽を眺めている。

テーブルの上には、何通もの督促状が無造作に置かれていた。家賃は滞納していて、電気もガスも止まりがちだった。

母の負のオーラに誘われるように、悪霊がふらりふらりと近付いてきた。

悪霊は、『負』のエネルギーを、栄養としているようだ。

そのため、塞《ふさ》ぎ込んでいる者に憑き、どんどん不幸にしていき、そこから滲《にじ》み出る『負』のエネルギーを餌とする。

母のような人間は、恰好《かっこう》の餌食《えじき》で、ちょっと目を離すと、よく悪霊に憑かれていた。

そのたびに僕が祓うのだけど、本人が前向きになろうとしなければ何も変わらない。

悪霊を呼んでいるのは、母自身だからだ。

だが、見付けた以上は、祓わなくてはならない。

僕は、悪霊に視線を送り、額に力をこめる。

次の瞬間、悪霊は散り散りになって消え失《う》せた。

『ちとせぇ』
母はまるで独り言のように口を開く。
僕は何も言わずに、母を見た。
『今、変なのが家に入ってきたよね？　あんたにも見えた？』
『………』
『……見えたんだね。お母さんさ、最近、変なのが見えるようになったんだ』
母はそう言って、自嘲《じちょう》気味に笑う。
『人に見えないものが見えるって、しんどいね』
そう言って母は、涙を流した。
僕はそんな母の許《もと》にいき、そっと手を握った。
母の手は、やせ衰え、骨ばっている。
なぜ、これまで霊が見えなかった母が、見えるようになったか。
もしかしたら、死が近いのかもしれない。
母の顔が、蒼《あお》く見えるのだ。
認めたくないけれど、分かってしまうのがつらい。
これはきっと――、死相だろう。
『お母さん、僕、一度施設に入るから、病院に行って。きっとどこか悪くしていると思うんだ。健康になって生活を立て直そうよ。そして落ち着いたら、僕を迎えに来て。その後に、一緒にお祖母ちゃんを捜そうよ』
僕がそう言うと、母は目に涙を浮かべながら頷《うなず》いた。

母は決意を固めて病院の検査を受けたが、結果はやはり芳しくなかったようだ。

役所に相談して、僕は一度施設に入ることになった。

『必ず、病気を治して、迎えに来るからね』

そう言って笑顔を見せていた母だが、二度と僕の前に現われはしなかった。

結局、お金がなかった母は入院できず、仕事を続けていたそうだ。

そんな母は、仕事帰りに交通事故に遭い、帰らぬ人となったのだ。


そうして僕は、そのまま施設で過ごすこととなった。

施設での生活は、思ったよりも悪いものではなかった。

食事はちゃんと与えられるし、先生方は皆親切だ。

だけど、新しい学校は少し窮屈だった。

都内ということで外国人も多く、僕の真っ白い外見がさほど目立たずに済んだのは良かったのだけど、顕著だったのは貧富の差だ。

たまたま、富裕層が多い土地に施設があったため、公立の小学校にも資産家の子どもが多かった。

母は、朝も晩も働いていても生活が苦しかったのに、病気になっても入院もできないくらい貧しかったのに、ここにいる子どもたちは、何十万もかけて靴や鞄《かばん》をオーダーメイドし、登下校は高級外車での送り迎えだ。

母と生活していた時、給食は唯一の食事だった日もあり、命綱だった。

その給食を、美味《おい》しくないから、と手を付けない生徒もいた。

そういう光景を見ると、自分の内側でチリチリと種火が燻《くすぶ》る。

理不尽な世の中だ、と心から思う。

僕たちのような施設の子どもたちは、学校で居心地が悪そうにはしていたけれど、いじめられていたわけではない。

逆に親切にしてもらえていた。

『可哀相な子たちだから、優しくしましょうね』という、いかにもセレブらしい憐《あわ》れみを込めた同情の眼差《まなざ》しが、常に付きまとっていた。

驚いたことに偏見が強いのは、子どもよりも大人——教師たちだった。

僕は、記憶力が良く、物覚えが速かった。なおかつ負けず嫌いなので勉強もがんばっていた。そのため、成績は群を抜いて良かったのだが、これまでの家庭環境からは考えられない、と教師から不正を疑われてばかりいた。

面倒くさいのが嫌で、わざと間違った解答を書いて提出し、点数を操作する。

人とも、当たり障りなくしか付き合わない。

常に笑顔でいながら、心の中は煮えくり返っていた。

いつも憐れみの目を向けられて、がんばっても不正を疑われ、世の中の不公平さを目の当たりにし続けたのだ。


あれは、施設の敷地内を掃除していた時だ。

通りかかった青年が、僕を見て驚いたように足を止めた。

この真っ白い外見だ。驚かれるのは、慣れている。

視線に気付かないようにして、落ち葉を掃いていると、その青年が歩み寄ってきた。

『――君、名前は？』

彼はそう訊《たず》ねたあとすぐに、『ああ、失礼しました。まず、自分から名乗らなくては。川瀬博也といいます』と自己紹介をする。

川瀬博也と名乗った青年は、いかにもエリート然とした高級そうなスーツに眼鏡をかけた、優しげな男だった。

そして、少し不思議な雰囲気を持っていた。

おそらく強い霊感を持っているのだろうが、それが伝わってこない。

笑顔でいながら内側に怒りを秘めている、そんな感じがした。

『藤原千歳』

名前を名乗った瞬間、川瀬は息を呑《の》んだ。

『まさか、こんなところに、あなたのような方がいらっしゃるとは……』

そう言って川瀬は、その場に膝《ひざ》をついた。

『はい？』

僕は戸惑いながら、川瀬を見下ろす。

『千歳様、あなたは、「神の器」なんです』

川瀬は跪《ひざまず》いたまま、僕を見上げてそう言った。

『………』

神の器、って。

何を言っているんだろう？

この人、大丈夫なのかな。

僕が背を向けようとすると、彼は立ち上がって言った。

『あなたも覚えがあるでしょう？　人には見えないものが見えたり、良からぬものを祓《はら》えたりしたのではないですか？　何より、あなたのその稀有《けう》な外見は、ご先祖から引き継がれたもの』

　僕は足を止めて、振り返る。

『先祖って？』

『あなたのご先祖様は藤原保親《やすちか》といいます。宮家の流れを汲《く》むお方でした。あなたはその子孫で、やんごとなき血を引く、選ばれし者なんです』

　川瀬が強い口調で言った時、どくん、と心臓が強く音を立てた。

　まるで自分の中で、何かのスイッチが入った気がした。

　急に木々がざわめいて、そこかしこに隠れていた精霊たちがやってきて、僕に向かって跪く。

　それらはすべて、彼の言葉が、嘘ではないと感じさせるのに十分だった。

『また、会いに来ます。あなたに手伝ってほしい仕事があるんです』

『……仕事って？』

『この腐った世の中を壊して、立て直す仕事です』

　その時、川瀬が放った目の光を見て思った。

　この人は、僕と似ているのかもしれないと。

『分かった』

　僕は微笑んで、頷く。

彼は再び僕の前に跪いて、頭《こうべ》を垂れた。

僕の世界が一変する。

世の中の隅にいた自分が、一気に頂点へと導かれたのだ。

＊　＊　＊

小春は、しばし呆然《ぼうぜん》としていた。

千歳の記憶を垣間《かいま》見て、小春の胸がズキズキと痛んでいた。

特別な能力がある者は、それが故の試練もある。

小春も澪人もそうだ。

だから彼が苦しい想いをしてきたであろうことは、予想していた。

だが千歳は、小春が思う以上につらい想いをしてきたのだ。

この世は理不尽で不公平で、壊してしまった方がいい、と思ってしまっても無理はないだろう。

だけど、彼の気持ちが分かったとしても、肯定はできない。

「どうしよう……」

小春は動揺しながら立ち上がり、頭に手を当てた。

衝撃的な事実もつかんだ。

「千歳君は、藤原保親の子孫だった」

藤原保親については、安倍由里子《ゆりこ》が、澪人の兄・賀茂和人と共に安倍の本家でつかんできた情報だった。

かつて、安倍家の先祖に『藤原保親』という者がいた。

母親が安倍家の人間で、父親はやんごとなき血筋のお方という話だ。

藤原保親は見鬼《けんき》の力とその外見から『白鬼《はっき》』と恐れられ、忌み嫌われていた。

生まれた時に父親に『これは鬼の子で私の子ではない』と認めてもらえなかったという。

けれど元治《げんじ》元年。蛤御門《はまぐりごもん》の変があった年。

藤原保親は、『黄泉《よみ》の穢《けが》れ』を封印したことで、その力が認められた。

たちまち英雄となり、社を与えられ、そこの神主となった。

しばらくは上手《うま》くいっていたのかもしれないが、その後の生活が楽になったわけではなかったようで、明治維新の際に社を捨てて、東京に出て行ってしまったそうだ(その後、社は朽ちて戦後に野原となり、現在は、友人の水原愛衣《みずはらあい》がその地に住んでいる)。

小春は、これまでのことを頭の中で纏《まと》めながら、天井を仰いだ。

藤原保親も、千歳のように髪や肌が真っ白だったとしたら、『白鬼』と恐れられたのも、納得がいく。

千歳の外見は、隔世遺伝だったということになる。

「つまり、千歳君は……」

日本を代表する陰陽師《おんみょうじ》一族・安倍家と、この世を統べてきた一族の血を引いている。

すごい、と小春の口から感嘆の息が洩《も》れた。

サラブレッドどころの騒ぎではない。

彼の秘めたる力は、相当なものだろう。

そんな千歳は、かつて先祖が封印した『黄泉の穢れ』――禍津日神を、解放しようとしている。

今もコウメは、ポロポロと涙を流していた。

コウメは長い年月、安倍家の子孫を見守ってきた。

安倍家の血を引く千歳は、コウメにとって大切な存在のはずだ。

コウメは、千歳のやることを止めたいけれど、彼の気持ちも分かるため、どうして良いか分からず、切なくなっているのだろう。

自分も同じだ。

小春はおろおろと目を泳がせて、部屋を歩き回る。

「早くここを出て、澪人さんの所に行かないと」

『凶星』を阻止しなければならない。

「せめて、結界を詣《まい》ることができたら……」

逸《はや》る心を落ち着けようと、小春は胸に手を当てた。

その時、首に下げているネックレスが、掌《てのひら》に当たった。以前、澪人が誕生日のプレゼントに贈ってくれた、六角形の水晶のネックレスだ。

小春は掌の中の水晶に目を落とす。

足元では、コウメが不安げに小春を見上げていた。

そんなコウメと水晶を交互に見て、小春は大きく目を見開いた。

そうだ、と小春はしゃがみこむ。

「コウメちゃん。あなたにお願いがあるの」

その愛らしい顔を覗《のぞ》いて言うと、コウメは、任せて、というように頷《うなず》いた。

「ありがとう。ちょっと待ってね」

小春はその場に正座をする。

両手で六角形の水晶を挟むように合わせて目を閉じ、自分のエネルギーが水晶の中に入っていくのをイメージしながら、額に力を込めた。

目を瞑《つむ》りながらも、水晶が眩《まぶ》しく光ったのを感じた。

そっと瞼《まぶた》を開けると、コウメが眩しそうに目を細めている。

六角形の水晶に、小春のエネルギーが吸収されていた。

小春は、ふぅ、と息をついて、コウメの首にそのネックレスを掛けた。

「これから、澪人さんのところに行ってもらいたいの」

コウメは、小春のエネルギーが詰まった水晶に手を触れて、これを渡せばいいんだね、と確認するように顔を上げる。

「ううん、そうじゃなくて、これはあなたが持っていて」

コウメは、どういうこと？ と小首を傾げる。

「コウメちゃん、あなたに私の『おかげ犬』……ううん、『おかげ狐』になってもらいたい」

コウメは、ぱちりと目を見開いた。

「私の代わりに、東京の結界詣りをしてほしいの」

小春の言葉を受けて、コウメは眼差《まなざ》しを強くする。すぐに使命感に燃えた顔つきで、強く頷いた。

第二章　おかげ狐と狛猫。

一

浅草の『風林堂』にコウメが突然現われたことで、宗次朗と谷口は、戸惑いの表情を浮かべていた。

「もふもふじゃないか」

「犬？　いや、狐か？　動物だらけだな」

そう話す宗次朗と谷口だが、師匠には、コウメの姿が見えないようで、「また何か来たのか？」ときょろきょろとしている。

一方のコウメは、首から下げている六角形の水晶を澪人にかざして見せていた。

澪人は、それを見て、確信した。

コウメは、小春に遣わされてここに来ているのだ。

「小春ちゃんは大丈夫なんやろか」

無事なはずだと思いながらも、やはり心配で前のめりになって訊《き》いてしまう。

澪人に詰め寄られて、コウメは嫌そうに体を逸《そ》らしながら、大丈夫、と突っぱねるように手を伸ばした。

良かった、と澪人は息を吐き出す。

「ほんで、小春ちゃんはどこにいるんやろ？」

そう問うとコウメは、今から伝えるから、と凛々《りり》しい顔付きで頷く。

すぐに、こういうところだよ、と両手を広げて、ひらひらさせた。

「…………」

場所を伝えているようだが、よく分からない。

「えっと、どこを指してるんやろ？」

澪人は助けを求めるように振り返ったが、宗次朗も谷口もよく分からないようで、眉根《まゆね》を寄せて首を傾げている。

「ま、よろしい。考えを読ませてもろてもええ？」

澪人がコウメに触れようとすると、サッと素早く避《よ》けた。

「……ほんなら、案内してくれるんやろか？」

そう問うと、コウメは、それはできない、と首を振った。

はっ？　と、澪人は目を瞬かせる。

「コウメは、小春ちゃんの場所を伝えに来たんとちゃうの？」

するとコウメは、六角形の水晶を握り、その手で五芒星《ごぼうせい》を描いた。

何を伝えたいか分からず、皆はまた険しい表情で腕を組んだ。

「申し訳ないけど、やっぱり読み取らせてもろてもよろしい？」

澪人が再び手を伸ばすも、コウメは反復横跳びをするように高速で避けた。

「………」

澪人は絶句し、宗次朗と谷口は噴き出しそうになって思わず肩を震わせる。

その様子を部屋の隅で黙って見ていたコマは、すっくと立ち上がった。

どうやら、コウメの伝えたいことが分かったようで、澪人の掌に自らの頭を擦り寄せる。

その瞬間、澪人の脳裏に、ある言葉が浮かんだ。

「――おかげ狐？」

コウメは、こくりと頷いて、再び五芒星を描く。

そうか、と澪人は手をうった。

「コウメが、小春ちゃんのエネルギーが詰まった水晶を持って、東京の裏結界詣りをしてくれるてことやね」

そういうこと、とコウメは誇らしげに胸を張った。

「ってことは、もふもふは、澪人と一緒に社を詣るってことか？」

そう問うた宗次朗に、澪人は嬉《うれ》しそうに頷く。

「ええ、そうやね。小春ちゃんの代わりやし。ほんま、良かった」

その言葉を受けて、コウメは露骨に嫌そうな顔をした。

その顔を見て宗次朗は、ぶっ、と噴き出した。

「もふもふ、そんな嫌そうな顔するなよ」

「澪人君、嫌われているのかな？」と谷口が真顔で訊《たず》ねる。

「コウメは、男を好かないだけや」

ほんでもちょっと傷付くし、とつぶやき、澪人はコウメを見下ろした。

「もしかして、コウメは、自分だけで詣るつもりやったん？　結界詣りは陰陽のエネルギーも大事なんやで」

澪人がそう言うも、コウメは不服そうだ。

するとコマがまるで名乗りを上げるように、みゃあ、と鳴いた。

「――あっ」

皆は、思わず顔を見合わせる。

「そうや、コマは男の子」

「コマに行ってもらうってのもありなわけだ。おかげ猫だな」

愉しげに言う宗次朗に、谷口は、ええ、と頷《うなず》く。

「狐神と狛猫《こまねこ》が結界を詣《まい》ってくれるとなると、これはこれですごいと思います」

ほんまに、と澪人はつぶやき、ポケットの中から瑠璃《るり》の勾玉《まがたま》を取り出した。

「これは、僕がいつも身に付けてるものや。僕の波動やエネルギーがすでに入ってる。これをコマに預けるさかい……」

澪人は、コマの前掛けの結び目に、勾玉をつけた。

コウメも、コマと詣るのは嬉しいようで、機嫌良さそうに尾を振って振り返る。

コマは頷くようにして、コウメの隣にちょこんと座った。

並んだ二匹（柱）を前に、澪人は真剣な表情を見せる。

「ほんなら、お二方にお願いします。どうか東京の結界詣り、よろしゅうお願いいたします」

頭を下げた澪人に続き、宗次朗、谷口、師匠も頭を下げる。

コウメとコマは、きりっとした表情で頭を下げ返し、そのまま駆けるように部屋を出て行く。廊下を走る途中で、ふっ、と姿を消していた。

「コウメとコマが詣ってくれるんやったら、安心や。誰も邪魔できひん」

「本当だな」

皆が微笑んで顔を見合わせていると、再び澪人のスマホにメッセージが入った。

『澪人、こっちの準備はできてるけど、もしかして何かあった？』

和人からであり、澪人は『あ、かんにん。今すぐに』と返事し、タブレットを起動させた。

二

一方、京都では――。

OGM（拝み屋）京都チームの面々、水原愛衣、三善朔也、安倍由里子、賀茂和人は、晴明《せいめい》神社の近くにある安倍本家に集まり、テーブルの上のタブレットに注目していた。

愛衣は、自らを凡人と思っているため、陰陽師家として高名な安倍の本家に入りこんでいることに緊張し、凝り固まって正座していた。

そんな愛衣を見て、朔也は小さく笑う。

「愛衣ちゃん、どうしてそんなガチガチに？」

「いや、だってね……」

愛衣は、ちらりと視線を送る。

皆が揃う和室の広間には、チームメンバー以外に由里子の大伯父《おおおじ》（以下・大伯父）であり、安倍家の当主である安倍公生《こうせい》の姿があった。

まさか、安倍家の当主に会えるなんて！

愛衣は、緊張と喜びに、また顔を強張《こわば》らせる。

その隣で朔也は、頭の後ろに手を組み合わせて、はぁ、と大きく息を吐き出し、タブレットに視線を向けた。

「……にしても、賀茂くんはどうしちゃったのかな？」

澪人から話し合いたいという申し出があったものの、その後、ぱたりと音沙汰《おとさた》がなくなってしまっていたのだ。

皆は朔也の言葉に同調し、互いに顔を見合わせる。

由里子は険しい表情で、腕を組んだ。

「向こうで何かトラブルがあったのかしら？」

愛衣は無言でスマホを取り出し、ＯＧＭメンバーがやりとりしているメッセージ板を確認した。

「……メッセージも既読にならないですね」

落ち着かない状態になっている皆を前に、和人は、まあまあ、と宥《なだ》めるように手をかざした。

「澪人は今、自分の部屋じゃなくて浅草にいるみたいだし、多分、準備にバタついているんじゃないかな。それに僕のメッセージなら確認してくれると思うから、送ってみるね」

和人は話しながらスマホを手にメッセージを送る。

朔也は、露骨に眉《まゆ》を顰《ひそ》めた。

「和人さんの『僕のメッセージなら確認してくれる』っていう、その謎の自信はなんなんすか」

「澪人はああ見えて、お兄ちゃんっ子だからね」

「え、そうっすか？　賀茂くんがお兄ちゃんっ子というより、和人さんの方がブラコンなだけっすよね？」

そんな朔也を無視して、和人はメッセージを打ち込み、

「ええと、『澪人、こっちの準備はできてるけど、もしかして何かあった？』――っと。よし、送信完了」

ふふっ、と口角を上げる。

するとすぐに、『あ、かんにん。今すぐに』と澪人から返信が届き、和人は「ほらっ」と得意満面になって、皆に画面をかざして見せた。

由里子は「本当ね」と呆然《ぼうぜん》とし、愛衣は不思議そうに顔をしかめる。

「でも、どうして、私たちのメッセージには気付かずに、和人さんのメッセージには気付いたんだろう？」

「きっと、澪人は僕からのメッセージは着信音を変えてるんだと思うな。僕はそうしてるし」

ええっ？　と皆は揃って目を丸くした。

「和人さん、澪人さんのだけ着信音を変えてるんですか？」

「そう。澪人のは、キラランって音にしてるんだ。澪人はキラキラしてるから」

「キラキラって。いや、でも、今のは絶対、たまたまっすよね」

呆《あき》れたように言う朔也を再び無視して、和人はタブレットに手を伸ばす。

「相変わらず、ブラコンね」

と、由里子が肩をすくめる。

すると和人は、慌てたように振り返った。

「あっ、由里子さんからのメッセージも、ちゃんと音を変えてるからね」

「べ、別に、そんなこと」

由里子はギョッと目を見開き、その隣で愛衣が噴き出した。

「由里子さんのは、どんな音にしているんですか？」

「『美女と野獣』のテーマソングだよ。オルゴールバージョンで」

「あの曲、素敵ですよね」

愛衣は、わあ、と手を合わせる。

「うん、それに、由里子さんと僕って感じでしょう？　美女と野獣」

さらりと言う和人に、由里子は弾《はじ》かれたように顔を上げた。

「わ、私と和人さんが『美女と野獣』なんて、そんなことないです！」

由里子はムキになったように言った後、耳まで真っ赤になった。

その姿を見て、「由里子さん、それ、ずるい」と和人は顔を手で覆う。

愛衣は微笑ましさに目を細めながら、ふと、視線を移すと、大伯父も愉《たの》しげな様子で見守っていた。

だが、朔也だけがイライラしたように髪をかき毟《むし》る。

「っていうかさあ！　そんなことしてる場合かなぁ？」

「ああ、ごめん、すぐに」

和人は、タブレットを操作してアプリを起動させ、東京にいる澪人とつなげた。

画面に映る『風林堂』二階の和室は、こちらの部屋の雰囲気とよく似ていた。

タブレットを通して、同じ部屋にいるような錯覚に陥る。

澪人の姿を見るなり、京都チームの面々は、自然と居住まいを正していた。

画面の端には、宗次朗と師匠の姿も映っている。

『皆さん、時間を作ってくれておおきに』

そう言って頭を下げた澪人に、皆は「いやいや」と首を振った。

「礼とかナシでしょ。チームなのに」

「そうよ」

そう言う皆に、澪人は微《かす》かに頬を緩めて、大伯父に視線を移し、一礼した。

『安倍家の当主・公生さんですね。初めまして、賀茂澪人です。お世話になっております』

こちらこそ、と大伯父は、頭を下げ返した。

挨拶《あいさつ》を済ませて、澪人は、すぐに真剣な表情になる。

『みんなも知っての通り、明日が満月や。ほんで僕と小春ちゃんは、状況を確認しようと早朝、日比谷神社に行ったんや』

その話を聞くなり、大伯父が眼差《まなざ》しを強くした。

「やはり、『黄泉《よみ》の穢《けが》れ』は、その地下やったんか？」

澪人は、はい、と頷《うなず》く。

大伯父は、禍津日神を『黄泉の穢れ』と称している。

彼は禍津日神は、日比谷神社に封じられているのではないか、と予測を付けていた。

その理由は、瀬織津《せおりつ》姫を祀《まつ》る、都心の神社だからだ。

穢れを水に流す瀬織津姫と、『黄泉の穢れ』から生まれた禍津日神は真逆でありながら、同一神という説もある。

真偽のほどは分からないが、それだけ同調するエネルギーがあるため、禍津日神を留《とど》めておくのにもっとも適した神社ということだ。

「ほんで、日比谷神社と『黄泉の穢れ』はどんな状態やった？」

『まるで、噴火前の活火山を思わせました』

そう言った澪人に、大伯父は、そうか、と眉間《みけん》に皺《しわ》を寄せる。

二人のやりとりから、社の地下に穢れのエネルギーがマグマのように煮えたぎっているのが想像できて、皆も険しい表情になっていた。

『今にも噴き出しそうな危険な状態にも拘《かかわ》らず、境内に入るまで、そないなことになっているなんて感じさせませんでした』

「……瀬織津姫様の清浄なエネルギーが、逆に隠れ蓑《みの》になってるんやな」

『そうやと思います。僕と小春ちゃんで祈禱《きとう》したところ、小春ちゃんのエネルギーに引き寄せられるように瀬織津姫様が現われてくれはって、地下のエネルギーが一気に鎮静化しました』

皆は、ホッ、と胸を撫《な》で下ろす。

『そやけど、その後、小春ちゃんが奴らに攫《さら》われてしもて……』

沈痛の面持ちで言う澪人に、皆は「ええっ」と目を剝《む》いた。

愛衣の心臓が、ばくばくと音を立てる。

「こ、小春が攫われたって、どういうことですか？」

「『凶星』が襲ってきたってこと？」

「コハちゃんは無事なの？」

一気にタブレットに詰め寄る皆を見て、和人は『みんな落ち着いて』と、宥《なだ》めるように手をかざした。

「澪人がこうして僕らに報告できてるってことは、とりあえず小春さんは大丈夫なんだと思うよ。小春さんが無事じゃなかったら、澪人はこうして座ってられないはずだから」

和人の言葉に、皆は戸惑いながらも、「たしかに」と納得して座り直す。

『おおきに、兄さん。結論から言うと、小春ちゃんは無事や。どうして、小春ちゃんが攫われる事態になったかというと……』

と、澪人は、起こった出来事を話した。

浅草神社に谷口がいると知って、澪人は自分一人で向かい、小春を東の本部に向かわせたこと。だが、東の本部で信用していた審神者《さにわ》・川瀬博也が黒幕で、谷口は嵌《は》められていただけだったと伝える。

もしかして、と愛衣は確認するように、画面の向こうの澪人を見た。

「谷口さんを戻橋に行くように仕向けた井上さんも、『凶星』ですか？」

澪人は『そうや』と頷いた。

やっぱり、と愛衣は相槌《あいづち》をうち、口を開いた。

「それで、小春は今どこに？」

『小春ちゃんの居場所はまだ分からへん。彼女の安否は、コウメが伝えてくれたんや。部屋に閉じ込められているだけで何もひどい目には遭《お》うてへんて話や。奴らは儀式が終わるまで、小春ちゃんを軟禁状態にしておく算段や』

そう言った澪人に、和人が「なるほどね」と腕を組んだ。

「小春さんが攫われて、もしその安否が分からないままなら、澪人も今のように冷静ではいられないだろうし、上手《うま》い手だね」

『それ、ここにいはる谷口さんにも同じことを言われました』

と、澪人は決まり悪そうに肩をすくめた。

「えっ、谷口さんに？」

和人が目を瞬かせた。皆も同じように驚いている。

澪人の説明で、谷口が嵌められていたのは理解したが、まさか同室にいるとは誰も思っていなかったのだ。

すると画面に、谷口がおずおずと姿を現わした。おそらく、彼はカメラに映らないようにしていたのだろう。

谷口は澪人の隣に座り、沈痛の面持ちで深く頭を下げる。

『和人君、あの時は、本当に申し訳ないことを……』

以前、穢れのエネルギーに囚《とら》われた谷口は、澪人を陥れるために、兄である和人を利用しようと、和人に『魔』のエネルギーを渡してしまったことがあるのだ。

その際、和人も穢れのエネルギーに囚われ、苦しさにのたうちまわった。

和人は、もういいですよ、と首を振る。

「あなたも罠《わな》に嵌められていたそうですし、過ぎたことですから」

『ありがとうございます……。皆さんにもご迷惑をおかけしました』

谷口は再び頭を下げる。

皆は、いえいえ、と首を振った。

「で、賀茂君、これからどうするの？　そして俺たちはどうしたらいい？」

『それを今から伝えたいて思うてたところや。僕らは「凶星」が、禍津日神を解放するのをなんとしても阻止するつもりや。そやけど、それが成功しても、多少の影響があるはずやし、何より、ずっと禍津日神を日比谷神社の地下に閉じ込めておくこともできひん』

そう言った澪人に、皆は、うんうん、と相槌をうつ。
それはそうだろう。
もし、禍津日神の解放を阻止できたとして、そのままにはしておけないのだ。
では、どうするのだろう？
愛衣は、ごくりと喉《のど》を鳴らした。
『禍津日神を、安全に天に還《かえ》すのが理想や』
「そんなことができるの？」と、朔也が前のめりになる。
『もちろん、簡単なことやあらへん。チームの力が必要や』
自分たちが必要と言われて、皆の表情が引き締まった。
そんな中、和人が、「あのさ」と片手を軽く上げる。
「西の本部長の協力は、仰がないの？」
『あの方には、前に伝えてるさかい』
「前に、ってでも……」
「うん、今一度ちゃんとお願いした方がいいんじゃないかな？」
和人と朔也は、戸惑ったように言う。
愛衣も同じ気持ちだった。
以前に澪人が西の本部長に何を伝えたのか分からないが、今は緊急事態だ。

あらためて、力になってくれるよう頼んだ方が良いのではないだろうか？

皆が同じような気持ちでいると、澪人の隣にいる谷口が、ふっ、と頬を緩ませた。

『皆さん、どうか我々のリーダーを侮らないでください。本部長はすべてを把握して、動いてくれているはずです』

谷口の揺るぎない言葉を受けて、澪人も、ええ、と頷いた。

『すべて、西の本部長に任せてるさかい、僕らは自分のできることをするまでや』

その様子から、彼らがいかに西の本部長に心酔しているかが伝わり、皆は、二人がそう言うなら、と相槌をうった。

「それで、できることって？」

気を取り直したように朔也が問うた時、大伯父《おおおじ》が咳《せき》ばらいをした。

「私も協力させてもらうし」

大伯父の言葉に、由里子は驚いて目を見開いた。

「伯父様が、動くなんて」

「今回は動かなあかんて気ぃしてるんや」

『おおきに、あなたが動いてくださるんやったら、こんな心強いことはあらしまへん。あなたが思うように動いていただけたら』

「そうやな。綾戸《あやと》國中《くなか》神社に行こうて思うんやけど」

そう言った大伯父に、澪人は目を弓なりに細める。

『さすがやね。今からOGMのみんなにお願いしよて思うてたところや』

「やっぱりそうやな。もしかして、西の本部長は、九州やろか？」

ええ、と澪人は頷《うなず》く。

二人のやりとりに、皆は、よく分からない様子で顔を見合わせた。

愛衣はスマホを手にし、『綾戸國中神社』と打ち込んで、検索する。

どうやら、南区にあるようだ。

そして、西の本部長は、九州に行っているらしい……。

そういえば、と愛衣は天井を見上げる。

以前、西の本部長が、『このジジイに「九州に行ってくれ」て、要請まで受けたんやで』と言っていたことを思い出した。

九州に何があるんだろう？

『京都チームは、二手に分かれて欲しいんや。安倍さんと綾戸國中神社に行く組と、奈良の高鴨《たかかも》神社に行く組や。こっちは、吉乃さんに同行をお願いしてます』

そう言った澪人に、由里子は、つまり、と顎《あご》に手を当てる。

「伯父様率いる安倍チームと、吉乃さん率いる賀茂チームということね」

それじゃあ、と朔也が声を上げた。

「由里子センパイと和人さんが安倍チーム、俺と愛衣ちゃんは吉乃さんと奈良に行くことにしようか」

皆が、いいね、と同意する中、和人は首を振った。

「いや、奈良の高鴨神社は、なかなか遠いところで、吉乃さんが大変だと思うから、車の運転ができる僕が吉乃さんに同行するよ。それに僕も力はないけど、一応は賀茂家の人間だから賀茂チームにいた方がいい気がするし」

なるほど、と朔也は頷く。

「それじゃあ、由里子センパイは安倍の人間だから、安倍チームに行ってもらって、陰陽のバランスを考えて、愛衣ちゃんは賀茂チーム、俺が安倍チーム……」

独り言のようにつぶやく朔也に、愛衣は苦々しい表情で、視線を送る。

「でも、それじゃあ、私と和人さんと力のない二人がコンビになっちゃうよ。陰陽で分けたとしても、パワーバランスが取れない気がする」

「あ、そうか」

そんな話をする中、由里子は、それなら、と手を上げた。

「私は和人さんと賀茂チームに加わるわ。朔也と愛衣さんは、安倍チームとして伯父様に同行してもらえるかしら」

いいの？　と振り返った和人に、由里子は、ええ、と頷く。

するとと大伯父が愉快そうに笑った。

「そら、ええわ。由里子は近い将来、賀茂家の一員になるんやし」

その言葉に、由里子は瞬時に真っ赤になり、和人は「伯父様、気が早いですよ」と嬉《うれ》しそうに頬を緩ませる。

画面の向こうでやりとりを見ていた澪人は、肩をすくめた後に、軽く咳払いをした。

皆はすぐにお喋《しゃべ》りをやめて、澪人の方を向いた。

たいした統率力やな、と大伯父は感心したように小声でつぶやく。

『ほんなら、皆は二組に分かれて、社に向かってください。その後は安倍さんや吉乃さんの指示に従うてもらえると』

はい、と皆は声を揃える。

「澪人は、もしかして、一人で東京の結界詣《まい》りをするつもり？」

そう問うた和人に、澪人は、いいえ、首を振る。

『結界詣りは、今まさに強力な助っ人が、回ってくれてるところや』

「強力な助っ人って……？」

もしかして宗次朗だろうか、と愛衣は思うも、彼は画面の端に映っている。

『コウメとコマや』

チームの皆は、小春からの報告で、コマのことを知っていた。

ふわふわの狐神と、丸い狛猫《こまねこ》が社を詣る姿を想像して、皆の頬が揃って緩む。

『人ならざる者の祈禱《きとう》や。きっと、すごいエネルギーの結界の柱が立つて思う』

澪人は遠くを見るようにして、口角を上げた。

大伯父は、そうか、と相槌《あいづち》をうつ。

「『黄泉《よみ》の穢《けが》れ』のエネルギーは、すでに鎮静化させてるし、結界を張れるんやったら、思ったよりスムーズに収束できそうやな」

『……ええ、僕もそう思います』

二人の会話を聞いて、チームの皆は嬉しそうに顔を見合わせる。

だが、澪人と大伯父の表情はどこか険しい。

決して楽観視をしていないことが伝わってきて、皆は気を引き締めるように、表情を正した。

三

コウメとコマは、東京の街を跳ねるように駆け抜けていった。

走行する車の隙間を走り抜け、電柱を上り、屋根の上を進んでいく。

空には、そんな二柱を援護するように、鳥たちが旋回していた。

もふもふの白狐と丸い三毛猫が、東京の街を駆け抜けていく様子は、ほとんどの人の目には映っていない。

だが、時おり勘の鋭い者が、その姿をキャッチしていたのだが――、

「あれ、見間違いかな？　今、屋根の上を丸い犬と猫が走ってた」

「え、マジで？　動画撮りたいやつじゃん」

「ママー、今ね、わんちゃんとにゃんちゃんが、一緒に走ってたよ」

「あら、わんちゃんとにゃんちゃんが仲良しなんて、珍しいわね」

と、コウメを狐だと認識した者は、皆無に等しかったようだ。

コウメとコマは瞬く間に東京大神宮に辿《たど》り着き、本殿を前に水晶や瑠璃《るり》を手に挟んで、祈禱を始める。

狐神と狛猫、二柱の祈禱は強いエネルギーを生み、社から天に向かい『気』の柱が立っていった。

＊＊＊

「――っ！」

東京大神宮に結界の柱が立った瞬間、そのエネルギーを感じた小春は弾《はじ》かれたよう

に立ち上がって、窓から空を仰いだ。

「コウメちゃんが、詣ってくれてる！」

さすが、狐神だ。

そのエネルギーはとても強く、螺旋《らせん》のように渦を巻いて、天に向かって伸びている。

低くなってしまった波動を絡めて、清浄にしていく竜巻のようだ。

良かった、と小春は両手を組み合わせた。

だが、そのエネルギーを察知したのは、小春だけではなかった。

「――どういうこと、これ」

小春がいる『離れ』から、ほど近い建物の中にいた千歳は、紅茶を飲む手を止めて、訝《いぶか》しげに顔をしかめる。

川瀬は立ち上がり、窓から外に目を向けて、遠くを見るように目を細めた。

「……おそらく、澪人君でしょうか。てっきり小春さんを攫《さら》ったら、小春さん捜しに躍起になると思ったんですが、一人でも結界詣りをしているのかしもれません」

「澪人さんって、今の西の審神者頭《さにわがしら》だよね。こんなに強い力を持ってるの？」

千歳が問うと、井上が、はい、と頷《うなず》き、恐れをなしたように身を縮めた。

「今の西の審神者頭は、恐ろしい人です」

「でも、一人じゃないよね、これ」

千歳も立ち上がって、窓の外を眺めた。

「一人じゃない？」

川瀬は、千歳を見下ろす。

「陰と陽のエネルギーが、DNAの二重螺旋のように渦巻いてるでしょう？　それだけじゃなく、他のエネルギーも絡んでる。……もしかしたら、四人くらいで詣ってるのかな？」

そう話している間に、神田明神にも結界の柱が立った。

「……それに、移動が速すぎるね。どうやら、人の仕業じゃない」

えっ、と皆は千歳に注目した。

「せっかく決行間近なのに、日比谷神社のエネルギーは鎮静化されているし、こんな強い結界の柱を立てられたら、『穢れ』が広がらないよ」

参ったなぁ、と千歳は肩を下げた。

井上が焦ったように目を泳がせる。

「ど、どうなさいますか」

「どう、って、応戦するしかないよ。祈禱の準備をしてもらえる？」

振り向いた千歳に、川瀬と井上は、はっ、と頭を下げた。

「あなたも手伝ってよね」

と、千歳はソファーに座る初老の紳士に目を向ける。

「……ええ、私にできることでしたら」

初老の紳士は、遠慮がちに会釈をした。

「菅原《すがわら》さんは、いつも謙遜《けんそん》するよね。東の本部長まで昇りつめた人なのに」

千歳は、東の本部長・菅原昭《あきら》を見て、愉《たの》しげに目を細める。

東の本部長は、弱ったように笑みを返した。

第三章　それぞれの祈禱。

一

コウメとコマは、東京大神宮、神田明神、日枝神社、金刀比羅宮での祈禱《きとう》を終えて、水天宮へと向かっていた。

澪人と小春が東京の結界詣《まい》りをしていた時は、幾度となく『凶星』に邪魔をされて、結果、中断してしまう事態に陥っていた。

だが、人ならざるコウメとコマとなれば、話は別だ。

誰の邪魔が入ることもなく、また、誰も邪魔することもできず、順調に結界詣りをこなしていく。

その活躍は、浅草にいる澪人たちにも伝わっていた。

「コウメとコマ、思った以上の素晴らしさや」

澪人は目を瞑《つむ》り、二柱のエネルギーを感じながら、独り言のようにつぶやく。

宗次朗は、そうだな、と同意した。

「あの二匹に頼んで良かったな」

「二匹て。柱や」

「まぁ、見た目が犬と猫のうちは〝匹〟でもいいだろ」

「コウメは狐やし」

と、澪人は額に手を当てた。

それより、と谷口が一歩前に出る。

「澪人君はこれから、どう動くつもりだ？」

澪人は、そうやね、と谷口と師匠に視線を送る。

「谷口さんは、元々浅草に縁のある人や。また浅草神社に行ってもろて、師匠と一緒に祈禱してもらいたいんや」

そう聞いて、師匠はぽかんとして自分を指差した。

「私も一緒に？　今となってはなんの力もないが」

「特別な力ていうんは、なくなるもんやないさかい。機能しなくなってるんは、自分の奥深くに眠ってるだけや。親子の絆《きずな》を持って、二人で祈禱してもろたら、より大きな力になります」

その言葉に、師匠と谷口は、互いにちらりと視線を交わし、弱ったように目を逸《そ》らした。

「で、リーダー、俺はどうしたらいい？」

「リーダーて。宗次朗さんは、僕と一緒に明治神宮へ行ってもらって、祈禱してもらえたらて思います。僕と宗次朗さん、谷口さんと師匠が、それぞれ祈禱することで、日比谷神社と三角形のエネルギーができるさかい」

「なるほど、浅草神社、明治神宮、日比谷神社は、一応三角形になるわけだ」

それも結界か、と納得する谷口の横で、宗次朗は腕を組んで澪人を見た。

「よし、それなら、善は急げだ。バイクで明治神宮に向かおう」

「おおきに。ほんなら、お二人もお願いします」

そう言った澪人に促されるように、皆は立ち上がった。

二

愛衣と朔也は、由里子の大伯父《おおおじ》・安倍公生が運転する車で、綾戸國中神社に向かっていた。

参拝者用駐車場に停車するなり、

「由里子センパイの伯父様、あざーす」

朔也はすぐに車を降りて、体を伸ばす。

そのまま、石造りの南鳥居の前で一礼して、境内へと入った。

愛衣もそれに続いて、鳥居を前に一礼し、境内に足を踏み入れる。

綾戸國中神社は、南鳥居から入ると、左手に手水舎《ちょうずや》が見えた。

参道は鳥居から拝殿へと続き、その向こうに本殿がある。拝殿の方が大きく、本殿はこぢんまりとした印象の、さほど大きくはない神社だ。

御祭神は、綾戸宮《あやとのみや》、大綾津日神《おおあやつのひのかみ》、大直日神《おおなおびのかみ》、神直日神《かむなおびのかみ》、國中宮《くになかのみや》、素盞嗚神《すさのおのかみ》と書かれている。

朔也は手水舎で手と口を清めた後、スマホを手にし、チームＯＧＭが使ってる通話アプリを開いた。

「あっあー、聞こえますか？　こちら、安倍当主率いる安倍チーム、綾戸國中神社に到着しました、どーぞ」

まるでトランシーバー通信をするかのような口調で言う朔也に、隣に立つ愛衣は肩を震わせた。

「スマホなんだから、普通に聞こえるでしょう」

手水舎にやってきた大伯父は、ぷっ、と笑う。

「三善家の人間は、生真面目そうなんが多かったけど、朔也君は愉快な子やな」

大伯父は手を清めながら、楽しげに口角を上げる。

朔也は、あーそうっすね、と笑って頭に手を当てた。

「うちは、割とみんな生真面目っすよ。俺だけイレギュラーっていうか」

「ちゃうやろ。あんたもほんまは、生真面目や」

えっ、と朔也は目を瞬かせる。

「あんたは、みんなの張り詰めた空気を明るく柔らかくしようて、がんばったはる。優しいだけや」

そう言って微笑んだ大伯父を前に、朔也は戸惑ったように瞳《ひとみ》を揺らした。

「い、いやぁ、ただのお調子者っすよ」

朔也は弱ったように否定していたが、愛衣は大伯父の言葉を聞いて、納得できるものがあった。

思えば朔也は、誰よりも人の心の機微を察知し、気遣いながらも、あえて空気を読まないような振る舞いをしているところがある。

「そうだね、朔也君は優しいよね」

愛衣が、しみじみと言うと、朔也はピタリと動きを止めて、即座に背を向けた。

急に背中を向けられて、愛衣が戸惑いながら回り込むと、朔也の顔が真っ赤になっている。

「え、朔也君？」

「や、その、あんまり褒められ慣れてないから、めっちゃ照れるじゃん」

朔也は、自分の顔を隠すように腕をかざした。

思わず、愛衣の頰が緩んだ。

「ちょっ、笑わないでよ、愛衣ちゃん」

「笑ってないよ。意外に思ってるだけ」

そんな二人のやりとりを前に、大伯父は、ええなぁ、と微笑ましそうに目を細める。

その時、スマホから由里子の声が聞こえてきた。

『こっちは、和人さんが運転する車で、順調に奈良に向かってます。どーぞ』

朔也がふざけてトランシーバー調に言ったため、由里子もそれに合わせている。

だが、由里子の場合は、いたって真面目に返していた。

「ほんまに生真面目なんは、由里子やな」

ぽつりとつぶやいた大伯父に、朔也と愛衣は笑う。

『え、私の何が生真面目なの？』

「なんでもあらへん。こっちはこっちで始めてるさかい、そっちも焦らず安全運転で、高鴨神社に向かうんやで」

そう言った大伯父に、和人が『はい』と声を上げていた。

「吉乃さんも一緒なんですよね？」

愛衣が訊《たず》ねると、スマホの向こうから『一緒やで』と吉乃の声がした。

「あなたが、『祇園《ぎおん》の拝み屋さん』の吉乃さん。はじめましてや」

大伯父は、相手に見えないのを承知で頭を下げる。

『ほんまやね。安倍家当主さんの噂はかねがね』

「それはこっちの台詞《せりふ》や。実は、あなたが賀茂家最強て話も聞いてるし」

『みんなふざけて言うてるだけや』

と吉乃が、やれやれという様子で言う。

「このたびのことは、おそらく安倍家に関わることや。多くの人を巻き込んで、迷惑をかけてしもて、ほんまに申し訳ない。どうぞよろしゅうお頼申します」

再び頭を下げた大伯父に、吉乃が小さく笑った。

『なにを言わはりますか。関わるってことは、自分の前世や先祖に縁があるてことやさかい。自分自身の因果の浄化や』

その言葉に、大伯父は救われたような表情で『おおきに』とつぶやいた。

『今、山の中だから、電波が切れるかもしれないわ』

そう言った由里子に、朔也は「分かった」と頷《うなず》く。

「それじゃあ、お互いベストを尽くそうね」

『ええ』

朔也は、スマホの通話アプリを閉じて、顔を上げる。

境内は、神々の計らいなのか、ひと気がまったくなく、シンと静まり返っていた。

さて、と大伯父は背を伸ばし、しっかりとした眼差《まなざ》しになった。

彼は今、綿のシャツにスラックスと、ごく普通の恰好《かっこう》をしている。だが、なぜか、冠に水干を身に着けている神主の姿が重なり、愛衣は思わず目を擦《こす》る。

「ほんなら、行こか」

そう言った大伯父に、愛衣と朔也は、はい、と声を揃え、本殿へと向かった。

三

千歳がいる建物は三階建ての歴史を感じさせるモダンなデザインだった。明治時代を思わせるが、造られたのは昭和初期らしい。

「千歳様、こちらの準備は整いました」

川瀬の呼びかけに、鏡の前に立っていた千歳は振り返る。

ちょうど、祈禱《きとう》のために束帯に着替えたところだった。

千歳が束帯を纏《まと》った姿は、これまで何度か見たことがある。

が、見るたびに、特別なオーラが増しているように感じた。

漆黒の冠に袍《ほう》は、千歳の純白の外見を際立たせている。

不思議なミスマッチと、彼から漂う高貴な雰囲気も相俟《あいま》って、まるでこの世の者とは思えず、部下たちは自然と頭を下げている。

「相変わらず、お似合いですね」

「そうかな？」

千歳は苦笑して、白銀の髪をつまむようにした。

こんな髪で束帯が似合うはずないだろう、と思っていることが伝わってくる。

千歳は、自らの外見に大きなコンプレックスを持っている。

そのことは部下たちも心得ていた。

「まるで神の化身のようですよ」

川瀬の背後にいた井上が熱っぽく言うと、部屋にいた他の者たちも同意して頷いた。

「やはり、やんごとなきお方は違いますね」

「千歳様こそ、我々の真のリーダーです」

手放しの賛辞は、方便のように聞こえるだろうが、その言葉はすべて本心だった。

ここにいるのは皆、元々陰陽師《おんみょうじ》の組織に属していた者たちだ。

自分たちは高尚な、選ばれた存在と信じ、懸命に働いてきた。

だが、不思議な力というのは、不確かなもの。

ある日突然、失《な》くなってしまうことがある。

そうなると、組織にはいられない。

お役御免となるのだ。

まるで手のひらを返したように、必要とされなくなる。

父もそうだった——、と川瀬は拳《こぶし》を握り締める。

ふと、隣の井上を見る。

彼もそうだ。

力を失くした一人だった。

これまで当たり前のように見えていた霊の姿が見えなく、また、感じられなくなると、大抵の陰陽師は、それに気付かれないよう、必死になる。

露見したら、組織にいられなくなるからだ。

川瀬はそんな、組織を追われた陰陽師や、組織にしがみついている陰陽師たちを仲間に引き入れていくことを考えた。

それは、とても簡単なことだった。

組織を追い出された者、また、力を失くしているのにそれを隠している者を見付け出して、こう言うのだ。

『組織はおかしい。自分たちを使い捨ての道具にしか考えていない』

川瀬が憎々しげに話すと、大抵の陰陽師は苦笑する。

井上もそうだった。

『とはいえ、陰陽師の組織ですから、特別な力がなくなってしまった以上、いられなくなるのは当然なんですよね』

何もおかしくはない。悪いのは、力を失くしているのに、今も組織にいたいとしがみついている自分の方なんです、と井上は遠慮がちに言う。

彼が、心からそう思っているのが伝わってきた。

だが、続けてこう言うと、皆、目の色が変わる。

『でも、名家の出の者は力がなくても組織に居続けているんだ。しかも幹部として』

『え……』

と、井上は絶句した。

井上は、審神者頭《さにわがしら》の谷口透に見出《みいだ》され、京都で陰陽師として活動していた。

谷口も西の本部長も、井上にとって尊敬に値する人間であり、彼らのようになりたい、彼らに認められたい、と思い、がんばってきたようだ。

下っ端の彼には、組織内部の詳しい事情など、知る由もなく、高尚な組織と信じてやまなかったのだろう。

『井上。俺は、今の腐った組織を壊して、立て直したいと思っている。仲間にならないか』

その言葉を聞いた時、井上は戸惑いながら頷いた。

『とりあえず、一度東京に来るといい。特別なお方に会わせるよ』

そうして、井上は上京してきた。

東の本部長も仲間に加わっていることを知り、井上の心は傾いたようだ。

京都を根城とする西の本部は、なかなか厄介だ。

井上というスパイを得られたのは、大きな収穫だった。

ある時、彼は不思議そうに訊《たず》ねてきた。

『川瀬さんは、組織に優遇されてきた方ですよね？　それなのにどうして、この組織を壊したいと思ったんですか？』

とてもクーデターを起こしそうなタイプには見えなかったのだろう、井上はごく素直に思ったままのことを口にした。

『優遇されてきたからこそ、分かることもあるんだ。組織に疑問を持ってね』

川瀬は、自嘲《じちょう》気味な笑みを浮かべ、

『この調査書を見てほしい』

そう言って、書類を差し出した。

そこには、川瀬が摑《つか》んできた、組織の腐った部分が証拠写真と共に記されている。

東京にも、もちろん志が高く優秀な陰陽師がたくさんいる。

東の本部長もそうだ。

しかし組織を管理するのは、名家の出や政治家の息子が多く、力がないのに権力に胡坐《あぐら》をかいている者ばかり。

無能な者たちが幹部となり、優秀な陰陽師たちを顎《あご》で使っているのが現状だった。

政治家とつながり、良からぬことを画策して、金品を受け取る者も少なくない。

儀式にかこつけて若い娘に、淫《みだ》らな行為に及んだ中年陰陽師もいた。

彼は秘密裏に告発され、逮捕されたのだが――。

『そ、そんな……』

井上の手がぶるぶると震えていた。

それまで井上は、陰陽師は決して表立ってはいないが、地を清浄にし、国を護《まも》り、世を正しい方向へと導く存在だと信じていた。

そんな組織に属している自分が誇らしく、だからたとえ力がなくなってしまっても留《とど》まりたいと思っていたのだ。

――彼は本当に、父と似ている、と川瀬は心から思う。

井上は、まるで汚い政治家の世界を思わせる組織の内部の事情を聞き、吐き気がしたのか、口に手を当てている。

『協力します。仲間になります。共にこの組織を壊しましょう』

そう言って顔を上げた時、井上の目の色が変わっていた。

これまで彼が信じてきたものが壊れた瞬間だった。

『よく言ってくれたね』

と、川瀬は満足して頷《うなず》いた。

『このクーデターが成功した後、川瀬さんがトップに立つんですか？』

『いや、我々には、千歳様という真のリーダーがいる』

『千歳様？』

『特別なお方だよ。これから会わせよう』

そう言って川瀬は、にこりと微笑んでみせた。

その後すぐに井上は、藤原千歳との対面を果たすこととなる。

千歳を前にして、井上は驚いていた。

珍しい外見をしているというのは、事前に伝えている。

驚いているのは、別の理由からだ。

井上は、千歳を前に畏《おそ》れを感じていたのだ。

もう、霊能力がほとんどなくなっている彼にも、千歳がただ者ではないことが伝わったようだ。

無理もない。

千歳は、宮家と安倍家の血を引く藤原保親の子孫だ。

保親はかつて、禍津日神を一条戻橋の地中深くに封印した陰陽師だ。

千歳を交え、川瀬は部下たちに、今後の計画を説明した。

『これは、千歳様にしかできないことです』

作戦はこうだった。

『我々と共に京都に出向いていただいて、「黄泉《よみ》の穢《けが》れ」の封印を解き、それを東京まで運ぶ――、そのお仕事をしていただきたいのです』

東京の波動を下げ、『魔』を放ち、すべての膿《うみ》を出してしまおう、と川瀬は頭を下げて訴えた。

千歳は腑《ふ》に落ちないように首を傾げた。

『どうして、わざわざ東京まで持ってくる必要があるの？　ただ封印を解くだけじゃダメなのかな？』

『あそこは古《いにしえ》の都です。今の首都は東京。国の、政《まつりごと》の、経済の中心で放たなくては、効果も半減です。それに……』

『それに？』

『京都の陰陽師《おんみょうじ》たちは、東京ほど権力の支配下にない分、各々《おのおの》、能力を発揮しやすい。そういう意味で、東京よりも優秀な者が多い。また、我々の組織に属していない厄介な陰陽師もいます。瞬く間に計画を阻止されるでしょう』

『そうなんだ。やっぱり、京都の陰陽師は凄《すご》いんだね』

『ええ』

その会話を聞きながら、井上も強く頷いていた。

その姿を見て、千歳は愉快そうに目を細め、頬杖《ほおづえ》をついた。

『井上さんは〝我々の組織に属していない厄介な陰陽師〟に心当たりがあるんだね？』

『はい。西の本部には、もっとも厄介な陰陽師が三人います』

ああ、と川瀬も同意する。

その三人とは、西の本部長、審神者頭の谷口透、審神者の賀茂澪人だ。

井上は、直属の上司である谷口を慕っていた。できれば、井上に説得してもらって、彼を仲間にすることができたら、と思っていた。

『谷口さんを仲間に引き入れられないだろうか？』

そう問うと、井上は弱ったように首を捻《ひね》った。

『彼は堅物なので、手順を間違うと、大変なことになります』

『そうか。それじゃあ、無理はしなくていい。君は京都に戻って西の本部の状況を伝えてほしい』

そうして井上は、スパイとして京都に戻った。

京都に戻った井上は、谷口を仲間に入れようと試みたようだ。

谷口にそれとなく組織に疑問はないか、と問うた。

『大きな組織となれば、色々良からぬ部分も出てくるだろう。だが、自分は西の本部長がトップにいる限り、組織を信じて支え続けたい』

真っ直ぐな彼の眼を見て、仲間に引き入れるのは難しいと感じた、と井上は言っていた。

また、井上はこうも思ったそうだ。

谷口が、組織に疑いを持たないのは、彼自身が優秀で、組織に優遇されているからだと——。

そう思った瞬間、井上の内側で、怒りに似た嫉妬《しっと》の感情が湧き上がった。

一点の曇りもないその眼差《まなざ》しを曇らせてやりたい、と思ったようだ。

井上は、計画を進めながら、谷口を巻き込むことを提案してきた。

成功したら、谷口はこちら側につくだろう。

上手《うま》くいかなくても、厄介な敵の戦力を減らすことにつながる。

そして、その計画は、見事に成功した。

やはり、井上を仲間に引き入れたいと思った自分の勘は正しかった。


「川瀬さん？」

井上の呼びかけに、川瀬は我に返った。

気が付くと、千歳はすでに他の者と共に控室を出ている。

「失礼した」

川瀬は小さく笑って、皆の後を追う。

千歳は、堂々と前を歩いている。

部下たちの尊敬と期待を、その小さな背中がしっかりと受け止めていた。

その様子に、川瀬の頰に自然と笑みが浮かんだ。

今こそ革命の時。

大政奉還を経て、幕府の世が終わり、明治時代が始まったように、現段階では組織にとっては逆賊かもしれないが、後の未来には正しかった出来事と伝わるだろう。

そのためには多少の犠牲も強いるかもしれない。が、それは革命という儀式の、生《いけ》贄《にえ》の血。

犠牲が出なければ、変わらない場合がある。

それは、これまでの歴史が証明していた。

千歳が向かったのは、普段は会議室として使われている大きな部屋だ。

今は、畳が敷き詰められ、大きな鏡、清酒と塩が供えられた祭壇が設けられている。

部屋には、すでに東の本部長が水干を纏《まと》い、数人の巫女《みこ》と共に待機していた。

千歳、川瀬、東の本部長は顔を合わせるなり、よろしくお願いします、と頭を下げる。

千歳は、窓の外に目を向けた。

「あー、もう四社、詣《まい》っちゃってる。急がなきゃ」

「さすが、澪人君です」

と、東の本部長が熱っぽく言う。

彼は、結界の柱を立てたのは、澪人だと思い込んでいた。

「また、西の審神者頭《さにわがしら》の話？　みんな随分と買ってるんだね」

「自分としては、小春さんも一枚噛《か》んでいると踏んでますが」

川瀬がそう言うと、

「どっちでもいいけどね」

千歳は、やれやれ、と肩を下げる。

「それじゃあ、今から蹴散《けち》らすよ」

すると井上が、「どうされるんですか？」と期待に満ちた目で訊《たず》ねた。

「禍津日神のエネルギーを最大限に高めて、結界の威力を弱めて、詣っている者の動きを止める」

千歳は祭壇を前に紙で作った人形を並べ、二礼して、大きく二回柏手《かしわで》を打ち、口を開いた。

天地元妙行
神変通力
神代、日神　素戔嗚尊
剣玉盟誓の時
剣を真名井に振濯
さかみにかみて吹棄
伊吹《いぶき》の狭霧に
神霊の現れ玉ふの道理
事相を思い奉るべし

――神道九字法だ。

これは、心の雑念を無くし、自らの祈念を強くするというもの。

千歳は、川瀬から、さまざまな陰陽師の術や祈禱《きとう》法を伝授された。

短い間にも拘《かか》わらず、千歳は驚くべき吸収力で、それを会得していったのだ。

まるで、前世から知っていたことなのではないか、と思うほどに。

千歳の祈禱に、東の本部長がぶるりと体を震わせた。

紙人形が、人の姿へと変わり、千歳の前に跪《ひざまず》いてから姿を消した。

「――すごい」と洩《も》らしたのは、東の本部長だ。

今や力がなくなった井上を含む部下たちも、千歳から放たれるエネルギーを感じ、額に汗を滲《にじ》ませている。

川瀬は窓の外を眺め、素晴らしい、とつぶやいた。

四

「――コウメちゃん、ありがとう」

小春は、もう四社に結界の柱が立ったことを感じ、胸に手を当てた。

強く伝わってくる結界のエネルギーを受け取り、感謝と感動に目頭が熱くなる。

しかし不可解な部分もあり、どういうことだろう？　と小首を傾げた。

コウメは、自分の代わり。なので、コウメと澪人が結界詣りをしてくれるだろう、と小春は思っていた。

だが、伝わってくるエネルギーは、澪人のものとは違っている。

コウメが一柱だけで詣っているわけでもない。

エネルギーは、陰陽二つだ。

それがまるでDNAのように二重螺旋《らせん》を描いて天に向かって伸びている。

ひとつは間違いなくコウメだが、もうひとつは？

「……誰が、コウメちゃんと祈禱をしているんだろう？」

そのエネルギーは、小春もなんとなく知っている気がした。

目を瞑《つむ》り、額に力を込める。

ふっ、とコウメとコマが共に走っているイメージが浮かんできた。

うそ、と小春は口に手を当てる。

「──コマちゃんだったんだ」

狐神と狛猫《こまねこ》の祈禱によって張られた結界の柱は、とても清浄で波動が高く、澱《よど》んだ穢れをからめ取っている。

なおかつ、その結界には、水晶と勾玉《まがたま》に込めた小春と澪人二人のエネルギーも織り込まれている。

「すごい……」

澪人と自分が二人きりで詣るよりも、ずっと強力だ。

もし、こうやって囚《とら》われなければ、コウメにお願いしようという考えは浮かばなかったはずだ。

ピンチに思えたことも、発想次第で好転することがある。

自分がこうして軟禁状態になったのは、もしかしたら、森羅万象の計らいだったのかもしれない。

小春は胸が熱くなり、手を当てる。

本当に良かった——。

心から安堵《あんど》したその時だ。

全身に悪寒が走り、小春は弾《はじ》かれたように顔を上げた。

脳裏に、どす黒く赤いマグマのイメージが浮かんだ。

それは、日比谷神社地下に潜む禍津日神のエネルギーだ。

今朝、澪人と二人で鎮静化させたというのに、再び活性化している。

禍津日神の穢《けが》れの波動が、ここにいる小春にまで伝わってきている。

「えっ、どういうこと？　もう解放されてしまったの？」

いや、解放されているなら、こんなものでは済まないはずだ。

何が起こっているのだろう、と小春はギュッと目を瞑り、気配を探る。

「千歳君だ……」

千歳が祈禱して、地下に潜む禍津日神のエネルギーを活性化させている。

それだけではなく、式神を放ち、その穢れのエネルギーを外に運ばせていた。

また別の式神は、コウメとコマの姿を捉《とら》えて、追い掛けている。

コウメとコマが必死に逃げる姿が頭に浮かんできた。

さすがに、二柱は素早い。

鳥たちもコウメとコマに味方し、応戦している。

だが、千歳が祈禱を続けることによって、式神はどんどん黒く巨大になり、コウメとコマの手足に巻き付いた。

ぎゃんっ、というコウメの叫び声が聞こえてきた気がして、小春は咄嗟《とっさ》に耳に手を当てる。

「なんとかして、ここを出ないと」

小春はドアノブをガチャガチャと回し、押したり引っ張ったりした後に、体当たりする。

予想はしていたが、ビクともしない。今度は窓に手を伸ばす。

「痛っ」

千歳の術が施されているため、電流が走ったように手がビリビリと痺《しび》れたが、構わずに窓を開けて、鉄柵《てっさく》を掴《つか》んだ。

だが、こちらも強く揺すってもビクともしない。

「誰か、助けてください！　誰かっ！」

声を張り上げるも、小春の声は虚《むな》しく響くだけだ。

見えるのは木々の緑だけで、人の気配がしない。

ここは、一体どこなんだろう？

「大きな家の離れだったり？」

都内にそんな豪邸があるなんて、よほどの富豪だろう。

今も穢れのエネルギーが強くなっている。

コウメとコマは、まるで蛇に巻き付かれたような状態で、地に転がっている。

これまでに二柱が張った結界が、弱まっているのを感じた。

「どうしよう……っ」

なんとかしなければ。

早くここから出なければ。

気ばかり焦るも、何もできない自分がもどかしくてならない。

小春は今も手に痺れを感じながら、鉄柵を強く握りしめた。

＊＊＊

澪人は、宗次朗と浅草を出て、明治神宮へと向かっていた。

今は宗次朗が運転するバイクの後ろに乗っていて、東京の街を西に向かって走り抜けていく。

「おお、もう四つの結界の柱が立ったな。このまま順調に結界が出来あがって、禍津日神の力は抑えられて、この後、解放を阻止できたとして、だ。その後は、どうするつもりなんだ？　日比谷神社にいつまでも眠らせておくわけにもいかないって言ってただろ？」

宗次朗はバイクを走らせながら、声を張り上げて問う。

「ええ、それは……」

そこまで言いかけて、澪人は異変を感じ肩を震わせた。

宗次朗も弾かれたように顔を上げて、バイクを路肩に停車する。

「なんだ、このおぞましいヘドロのようなエネルギーは」

「……禍津日神の穢れのエネルギーや」

「もしかして、封印が解かれたのか？」

いいえ、と澪人は首を振る。

「活性化させてるんや。その上で誰かがそのエネルギーを境内の外に運んでる」

「運ぶって、『凶星』がか？　いや、なんだか人が運んでる感じじゃないな」

宗次朗はそう言って、眉根《まゆね》を寄せる。

澪人は目を瞑り、意識を集中させた。

「……『穢れ』を運んでいるのは、おそらくあの少年が差し向けた式神や。あかん、コウメとコマを捕らえた上で、結界に穢れを巻きつける算段や」

清浄な水に、真っ黒い絵の具を垂らしたなら、たちまち黒ずんでいく。

人よりもエネルギーに敏感なコウメとコマは、息苦しさを感じているに違いない。

「どうする？　結界が立っている社に向かうか？」

「それも焼け石に水や。ここは神の力を借りなあかん。やはり、宗次朗さんは一刻も早く明治神宮で祈禱《きとう》を」

「宗次朗さんは、って、お前はどうするつもりだ？」

「僕は、日比谷神社に向かいます」

「それなら、俺も行くよ」

そう言いかけた宗次朗に、澪人は、いいえ、と首を振る。

「あなたには、どうあっても、明治神宮で祈禱してもらいたいんや。それは、あなたやないとあかん」

「どうしてだよ?」

「あなたには、やんごとなき血が流れてるさかい」

真っ直ぐに目を見てそう言った澪人に、宗次朗は一瞬、言葉を詰まらせた。

「——分かった。それじゃあ、日比谷の近くまで送ってから、明治神宮に向かうよ」

宗次朗はウインカーを点《つ》け、再びバイクを走らせた。

五

和人が運転するレモン色の軽自動車は、葛城《かつらぎ》ICから南へと進んでいた。

出発した頃は、チームOGMがこれまで調べて分かったことを吉乃に伝えたりと会話も弾んでいたのだが、今は各々《おのおの》思いを巡らせているのか、車中はとても静かだ。

助手席に座る由里子は、窓の外を眺める。

サイドミラー越しに、後部座席に座る吉乃の姿が見えた。

車は既に奈良県に入っていて、スムーズに高鴨神社に向かっている。

元々、関東の人間だった由里子にとって、奈良といえば東大寺《とうだいじ》、春日大社《かすがたいしゃ》、そして鹿のイメージが強い。

今、目の前に広がっているのは、全国どこにでもありそうな田舎の光景だった。もしかしたら鹿が出てくるかもしれないが、それは由里子が思う奈良の鹿とは違うだろう。

由里子は、窓の外から目を離さずにいた。ふと右側を見ると、運転している和人の横顔があり、どうしてか直視できなかったためだ。

車中に吉乃がいてくれて良かった、と由里子は心から思う。

「ああ、鳥居が見えてきたね」

「ほんまや」

和人と吉乃がそう言ったことで、由里子は前を向いた。

道の先に、朱色の鳥居が見えた。鳥居の中心に『高鴨神社』と記されている。

鳥居のすぐ前、左右に狛犬《こまいぬ》が鎮座していた。

「二人とも、ここで降りて。僕は車を停めて戻ってくるから」

和人はそう言って鳥居の前で由里子と吉乃を降ろし、駐車場へと向かった。

鳥居の前で一礼して、由里子と吉乃は境内に足を踏み入れた。

木々の緑に包まれた、森の中の神社という雰囲気だ。

清々《すがすが》しい空気の中、山の精霊たちが愉《たの》しそうに行き交っている。

「気持ちのいいところですね」

「そうやろ」

そんな話をしていると、和人がやって来て合流した。

駐車場は、思ったよりも近くにあったようだ。

「相変わらず、ここは清涼感に包まれた神社だね」

しみじみと言う和人に、吉乃が「ほんまやね」と目尻《めじり》を下げる。

「お二人とも、ここに来たことがあるんですか？」

すると二人は「そりゃあ」と頷《うなず》いた。

当然とでもいうような様子に、由里子は小首を傾げる。

「由里子さん、ここ、高鴨神社はね、全国の『カモ』のつく神社の総本社なんだ」

「そうやで。ここは、上賀茂《かみがも》さんや下鴨《しもがも》さんの総本社や。そやから、賀茂家とは縁深い神社なんやで」

初耳だった由里子は驚きながら、へぇ、と洩《も》らす。

「そう言われてみれば、上賀茂神社の境内の雰囲気と似てる気もしますね」

朱色の鳥居から、まっすぐに参道が続いていて、階段へとつながってる。

階段の手前に、古めかしい石の鳥居があった。

その向こうには、凛《りん》とした社が見えている。

「あそこに見えるのは、拝殿で、その向こうに本殿があるんや。まず、そこに挨拶《あいさつ》に行こうて思うんや。けど……」

そこまで言って、吉乃は言葉を止めた。

けど？ と、由里子と和人は、吉乃を見る。

吉乃は、手水舎《ちょうずや》の近くにある、とても小さな朱色の社に目を向けた。

「祈禱は、ここでするんや」

その小さな社には、『祓戸《はらえど》神社』と記されていた。

六

千歳は今も、禍津日神のエネルギーを活性化させ、結界の柱に穢《けが》れのエネルギーを巻き付けている。

焦りを感じた小春は今一度、鉄柵《てっさく》を握り、強く揺すっていた。

「誰かいませんか⁉」

ここは一階だ。

窓から出られたら、逃げるのは容易《たやす》いだろう。

「早くここを出なきゃ。ここに閉じ込められていたら、何もできないのに……っ」

小春はもどかしさに奥歯を嚙《か》みしめた。

その時——。

〝何を言っているのですか〟

と、自分の内側から、声が響いた。

えっ、と小春は目を見開いて顔を上げる。

それは、澪人の声でも、若宮の声でもない。女性の声だった。

〝斎王《さいおう》は、自ら外に出て行ったりはしません〟

〝社に籠《こも》って祈禱し、世の安全を願うのです〟

その声と共にまるで湧き上がるように、前世の自分・玉椿《たまつばき》が、本殿で祈禱している姿が脳裏に浮かんでくる。

「っ！」

これは、自分の中に残る玉椿の声。玉椿からのアドバイスだ。

そうだ。斎王だった頃、自ら外に出たことなどなかった。

自分は、本殿に籠って祈禱し、神の言葉を聞き、伝えていただけだ。

一歩も外に出ずに、世の中を救おうとしていた。

斎王は、外に出なくても、戦える。

小春は強い眼差《まなざ》しで、立ち上がる。

テーブルと椅子を端に避《よ》けて、部屋の中心に正座した。

呼吸を整えて、そっと祝詞《のりと》を口にする。

これまでは、ただ意識を集中させて、祝詞を唱えるだけだった。

だが、今回、コウメとコマに教わった。

自らの祝詞が、螺旋《らせん》を描くように天に伸びていくのをイメージする。

これまでも、気が付くと螺旋となっていたことがあったけれど、しっかりと意識することで、それが強くなる。

螺旋は、無から有を生み出す、森羅万象の仕組み。

自分の中心から、時計回りに円を描き、その円が幾重にも外へ外へと広がって、やがて大きな円になるのをイメージする。

そうすることで、巨大なエネルギーになるのだ。

小春は祝詞を唱え続けながら、日比谷神社の境内で出会った水の女神・瀬織津姫を思い浮かべた。

彼女が、自分に降りてくるのをイメージする。

今の自分は、ただの媒体だ。

この口を通して、天のエネルギーが凝縮されて外へと放たれる。

――穢れを、鎮め給え。
小春は祝詞を唱え終えた後、無意識に九字を切っていた。

をん　きりきゃら　はらはら
ふたらん　ばそつ　そわか
をん　きりきゃら　はらはら
ふたらん　ばそつ　そわか
をん　きりきゃら　はらはら
ふたらん　ばそつ　そわか

これは〝神の力によって、災いを祓《はら》い、転じさせたまえ〟という真言の祈り。
小春は、自分がなぜ、この詞《ことば》を口にしたのか、自分でも分からなかった。
唱え終えた瞬間、この部屋が水に包まれ、自分が水中にいるような錯覚に襲われた。
自分は今、水の中に座っている。
唱えた祈禱《きとう》は、水の竜巻となって、天へと湧き上がっていく。
それは、雲へ届き――。
数秒後のことだ。

ザーッ、と雨音が耳に届いた。

小春が我に返って、窓の外に目を向ける。

雨が降っていた。

空は晴れているのに雨が降る、『天気雨』。

天からの雨は、穢れの赤黒いエネルギーを洗い流していくのが分かる。

結界にまとわりついた『穢れ』は、小春の降らせた雨に触れると、さらさらと流れていった。

小春の頭に、澪人と宗次朗の姿が浮かんでくる。

二人ともバイクに乗っていて、降ってきた雨に濡《ぬ》れているというのに、拳《こぶし》を振り上げて喜んでいる。

〝小春ちゃん、ほんまにおおきに〟

そんな澪人の想いも伝わってきた。

式神に囚《とら》われて、痺《しび》れて動けなくなっていたコウメとコマが、起き上がる姿も見えた。

魔に当てられたせいで、すぐには走り出せないようだが、なんとか歩き出している。

――良かった。玉椿の言う通りだ。

斎王は、外に出なくても、こうして仲間をサポートできる。戦えるのだ。

＊　＊　＊

「まさか、穢れを流す雨まで降らせるなんて……、忌々《いまいま》しいね」

祈禱をしていた千歳は、小春に邪魔をされて、苛立《いらだ》ちを抑えきれずに舌打ちした。

「ええ、思った通り、彼女は厄介でしたね」

だから言ったでしょう、とでも言いたげな川瀬に、千歳は大きく息を吐き出す。

「本当だね。こうなったら、僕は、これから日比谷神社に向かう。解放させるよ」

千歳は、すっくと立ち上がる。

「もう、禍津日神を解放するんですか？　満月は明日ですよ？」

戸惑ったように問う東の本部長に、千歳は面倒くさそうに顔をしかめた。

「正直、満月と同時に解放したかったけど、もう月のエネルギーは満ちかけているし、満月を待って邪魔されるくらいなら、解放してしまうよ」

たしかに、と川瀬も続ける。

「この地に、『黄泉《よみ》の穢れ』を十分に充満させてから、満月を迎えるのも悪くないです」

「まぁ、そういうことだね」

「では、行きましょうか。」

千歳は、川瀬、東の本部長、そして部下たちと共に、建物の外に出る。

今も小春が降らせた、小雨がぱらついていた。

すると、少し離れたところから、「千歳君っ！」と小春の声が聞こえてくる。

どうやら、小春が窓から顔を出して叫んでいるようだ。

千歳は小さく笑って、小春のいる『離れ』へと向かった。

『離れ』は、即席で作ったプレハブ小屋だ。

扉や窓だけは、頑丈にしてある。

千歳は窓の前まで行き、鉄格子の向こうにいる小春を見て、口角を上げた。

「斎王は、雨まで降らせることができるんだね。怖いなぁ」

茶化したように言う千歳に続き、川瀬が「ええ」と微笑み、

「俺は最初から、あなたを恐れていましたよ。それは、この人も一緒です」

と、隣に立つ東の本部長に視線を移した。

小春は東の本部長を見て、目を見開いた。

「東の本部長……どうして、あなたまで、『凶星』に？」

「あ……いや、わたしは……」

東の本部長は、弱ったように目を泳がせた。

その横で、千歳は小春に向かってぴしゃりと言い放つ。

「僕らが正しいからだよ」

「何が正しいの？」

小春は睨《にら》むように、千歳を見た。

「陰陽師《おんみょうじ》の組織って、かつては国の吉凶を占っていたのを知ってるよね？」

小春は黙って頷《うなず》く。

「やがて裏で国を操る組織にまでなっていった。そんな陰陽師の組織に、今は政治家が介入してきて、目も当てられない状態なんだ。首都圏から離れている西側はマシかもしれないけど、こっちは惨澹《さんたん》たる有様。どんなに優秀でも、裕福な者には平伏しなくちゃならない。何も悪くないのに、生まれながらに不公平」

捲《まく》し立てるように言った後、はぁ、と息を吐き出し、

「この組織って、社会の根っこのような気がするんだよ。根っこが腐っていたら、良いものは育たない。壊さなきゃいけないよね？」

千歳は、冷ややかな眼差しを見せた。

憎悪のエネルギーがビリビリと伝わり、小春も東の本部長も眉をひそめる。

「千歳君、あなたは、たしかに不遇だったよね」

分かったように言うな。

千歳は、そう言おうとしてやめた。

彼女は、心を読むという、自分にはない力を持つ。

おそらく何かの拍子に読み取られたのだろう、と千歳は口を噤《つぐ》んだ。

「私も、人は生まれながらに不公平だって、思ったことがある。容姿だったり、境遇だったり……けど、今は少し考えが変わっていて、それはすべて、前世からの因果だったり、自分が選んできたものでもあると思うの」

その言葉に、千歳は歪《ゆが》むように笑った。

「それじゃあ、僕の不遇さは自分で選んできたって？　こんなの選んでないよ。それとも前世では大罪人だったとか？」

ばかばかしい、と千歳は嗤《わら》う。

「前世かは知らないけど、僕の先祖は特別な人なんだよ？」

少し誇らしげに言った千歳に、小春はゆっくりと頷いた。

「知ってるよ。藤原保親でしょう？」

「っ！」

千歳は、虚を衝《つ》かれたように目を見開いた。

「藤原保親は、江戸末期、世に放たれた禍津日神を京都の一条戻橋の地中深くに封印した、かつての英雄なんだよね？」

冷静に話す小春を前に、千歳はごくりと喉《のど》を鳴らす。

「そうだよ。よく知ってるね。それも、審神者頭《さにわがしら》からの情報？」

「……彼だけじゃなく、私たちはチームなの。頼もしい仲間がいる」

「ふぅん」

仲間と聞いて、千歳の心に面白くない感情が募り、あえて興味なさそうに肩をすくめた。

「千歳君、不思議に思ったことがない？　あなたのご先祖様を貶《けな》すつもりはないんだけど、そんな素晴らしい英雄が、どうしてその後も苦労し続けたのか……」

小春はそこまで言って、それ以上口にするのをやめた。

だが、千歳は、小春が伝えたかったことを察知し、顔色を変える。

小春は、すべて藤原保親の所業ではないかと言っているのだ。

自らが故意に、禍津日神を放ち、世の中を混乱させた後に、まるで英雄のように現われて封じてみせたと。

「え、何それ……もしかして、藤原保親の自作自演だったとでもいうわけ？」

千歳の言葉に、東の本部長もハッとした様子で口に手を当てる。

「そうか、だとしたら、なんの前触れもなく、突如、禍津日神が世に現われたのも、藤原保親が当時の優秀な陰陽師を出し抜いて、いち早く動き、封印できたのも合点がいく……」

川瀬は、黙れ、と言わんばかりに冷ややかな一瞥《いちべつ》をくれた。

東の本部長は慌てて口を閉じる。

「すべては憶測だけど、もしそうだとしたら、藤原保親はとてつもなく大きな因果を背負ってしまったことになる。そしてあなたが、また同じことをしたら、あなたも、大きな因果を背負ってしまう」

「――うるさいっ！」

千歳は、小春の言葉を遮って、腹の底から声を上げた。

「うるさい、うるさいうるさい、僕の先祖は、英雄なんだ。そして、僕は世を正して、リーダーになる選ばれた人間なんだ！　適当なことを言うな！」

「千歳君、聞いて」

小春が窓から手を伸ばすも、

「あの神を今すぐ解放してやる！」

吐き捨てるように言って、千歳は勢いよく歩き出した。

小春は鉄柵《てっさく》を摑《つか》んで、声を張り上げる。

「千歳君、間違わないで！　取り返しのつかないことになる。もし、組織を立て直したいなら、他にやり方があるはずだから！」

うるさい、と千歳は耳に手を当てる。

すると、川瀬がそっと背中に手を当てた。

「そうです。耳に入れる必要はありません。我々は正しいんです。恵まれた者はすぐにああして理想論ばかり言う」

自分を見下ろす真っ直ぐな瞳《ひとみ》に、千歳はホッとして手を下ろした。

「そうだよね。分かってないんだ」

広い敷地を出ると、いつものワンボックスカーが待機していた。

運転席に井上の姿がある。

「どうぞ、お乗りください」

千歳は頷いて、川瀬、東の本部長と共に車に乗り込んだ。

第四章　日比谷神社へ。

一

奈良の高鴨神社では、吉乃、由里子、和人が本殿での挨拶《あいさつ》を済ませ、境内の『祓戸神社』に向かって歩いていた。

古《いにしえ》の大地の良い波動を受けて、木々たちはすくすくと生長し、それを喜んでいるかのように葉を揺らしている。大きな池には、鯉が生き生きと泳いでいた。

そんな境内を山の精霊たちが、遊ぶように飛び交っている。

「こんな素晴らしい神社が、奈良にあるなんて知らなかった。そもそも、『カモ』がつく神社の総本社が、奈良にあったなんて……」

由里子は、飛び交う精霊たちの姿に頬を緩ませながらつぶやく。

「鴨（賀茂・加茂）一族は、元々大和《やまと》の名門の豪族やったんやで」

「そう、ここは一族の発祥の地に、守護神を祀《まつ》った社なんだって」

そう説明する吉乃と和人に、由里子は、へぇ、と相槌《あいづち》をうつ。

「八咫烏《やたがらす》が神武《じんむ》天皇をこの大和の地まで道案内して、鴨一族の娘を后《きさき》にしたて言い伝えもあるんやで。ほんまに由緒のある地やな。そやけど、しばらくぶりや」

吉乃はしみじみ話しながら、参道を歩く。

ここの本殿には、阿遅志貴高日子根命《あぢしきたかひこねのみこと》（迦毛之大御神《かものおおみかみ》）、事代主命《ことしろぬしのみこと》、阿治須岐速雄《あじすきはやおの》命《みこと》、下照姫命《したてるひめのみこと》、天稚彦命《あめのわかひこのみこと》という神々が祀られている。

境内には、本殿以外に、西《にし》神社、東《ひがし》神社をはじめ十八の社があり、それぞれ高名な神々が祀られていた。

吉乃は、入口近くの朱色の小さな社『祓戸神社』前で足を止めて、深々と一礼する。

「吉乃さんは、ここの社で祈禱《きとう》するって言ってましたよね。ここに祀られている神様が、今回の件と何か関係があるんですか？」

そうやね、と吉乃は頷《うなず》く。

なんていう神様が祀られているのだろう、と由里子は立てられている木の看板に目を向けた。

ここには、大直日神、神直日神、伊豆能賣神《いずのめのかみ》、底津綿津見神《そこつわたつみのかみ》という神様が祀られているようだ。

「ここにおられる神様、大直日神様のお力が必要や」

吉乃はそう言って、もう一度頭を下げた。

＊　＊　＊

「大直日神？」

吉乃たちが、高鴨神社に到着する前。

いち早く綾戸國中神社に着いた愛衣と朔也は、安倍公生――由里子の大伯父《おおおじ》から、この社に祀られている神様について説明を受けていた。

「そうや。直毘神《なおびのかみ》とも呼ばれてるなぁ」

ここにおられるのは、綾戸宮、大綾津日神、大直日神、神直日神、國中宮、素盞鳴神だが、今回、力を借りたいのは、大直日神だという。

「どういう神様なんでしょうか？」

真摯《しんし》な眼差《まなざ》しで訊《たず》ねた愛衣に、大伯父は、そうやな、と腰に手を当てる。

「イザナギとイザナミの国産みの神話は、知ってるやろか」

そう問われた愛衣と朔也は、曖昧《あいまい》に相槌をうつ。

「なんやねん、その中途半端な感じは」

大伯父が顔をしかめると、愛衣と朔也は二人揃って弱ったような表情を見せる。

「なんとなく知ってる程度で、詳しくないというか」

「安倍の当主を前に『知ってます』って胸を張れるほどじゃないというか」

そうそう、と頷き合う二人に、大伯父は小さく笑った。

「なんとなくでええんや。かつて天は、イザナギ、イザナミという男女を地上に降ろし、夫婦となって国を産むよう伝えた。二人は言われた通りにしようと思うものの、すぐに夫婦の営みに取りかかるのも躊躇《ためら》いがあって、ほんなら、二人が出会うところから始めよう、という話になるんや」

そう言う大伯父に、愛衣は「変にリアル」と苦笑し、朔也は「だね。でも、気持ち分かる気がする」と笑う。

「たしか、この時、柱を回って出会う体を取って、女の人から声をかけたら失敗で、男から声をかけたら上手《うま》くいったって話っすよね」

と、続けて問うた朔也に、愛衣は肩をすくめた。

「国の始まりも、ちょっと男尊女卑っぽい」

大伯父は、いやいや、と首を振った。

「そんな風に感じるかもしれへんけど、実は男尊女卑とはちゃうんや。声をかけるというのは、『音』や。これは諸説あるんやけど、父韻より母音が先だと、子音が生まれへんて話があるんや」

「ふいん？」

愛衣と朔也は小首を傾げる。

「父韻は、キシチニヒミイリの八音で構成されてる。父韻が母音と半母音に働きかけることで、子音を生むキッカケとなるんや」

大伯父の説明がよく分からず、愛衣と朔也はさらに首を傾げた。

「まぁ、とにかく、男（父韻）から働きかける――声をかけたら、子音が生まれる。それはそういう現象てことで、男尊女卑とはちゃう話なんや」

へえええ、と愛衣と朔也は目を瞬かせる。

「そもそも神話の世界では、天照様《あまてらす》然り女性も崇《あが》められたはる。男も女も性質が違うだけで、どちらが上や下て話やないんや。まぁ、我が家では奥さんが上やけど」

そう付け加えた大伯父に、二人は思わず笑った。

「ほんで、『国産み』やな。イザナミが、柱を右回りするんやけど、この世の生物のDNAの二重螺旋《らせん》は、すべて右回りて話や。右回りの螺旋が、奇跡を産む。森羅万象の秘密やな」

なるほど、と二人は大きく相槌をうつ。

「神話には、そうした森羅万象のヒントがたくさんあるんですね」

興奮気味に言う愛衣に、朔也は、「ほんとだね」と同意する。

大伯父は、そうや、と、どこか得意気だ。

「そうしてイザナギ、イザナミは、順調に国を産み、神々を産んだ。そやけど、火の神を産んだ時に、イザナミは大火傷《やけど》を負って死んでしまって、黄泉《よみ》の国に行くんや」

そこからは、愛衣と朔也も知っていた。

妻を忘れられなかったイザナギは、意を決してイザナミを連れ戻そうと黄泉の国まで迎えに行く。

だが、イザナミは既に黄泉の国の住人となっていて、その姿は腐敗していたのだ。

変わり果てた妻の姿に、イザナギは大きなショックを受けて、逃げ帰ろうとする。

すると自分の今の姿を見て、手のひらを返した夫の態度にイザナミは激怒し、大軍を率いて、イザナギを追い駆け――、と泥沼離婚劇になってしまうのだ。

「最初の夫婦が、離婚に終わるっていうのは、残念だよね」

肩を下げる愛衣に、大伯父は小さく笑った。

「たしかに、そうも言われているんやけど、わたしは『離婚とはちゃうやろ』て、思うてるんや」

「えっ？」

「二人が夫婦やったのは、この地での話や。亡くなってしまい、別の世界にいった者とは、どうやっても以前と同じ関係ではいられへん。そういう教えやないかて思う。まあ、各々《おのおの》の解釈やけど」

そうかもしれない、と愛衣は同感した。

ふと、もし澪人なら、と考えて頬を緩ませる。

「愛衣ちゃん、どうして笑ってるの？」

「あ、ごめん。ふと、もしイザナギが澪人さんだったらって考えたの。多分、小春が腐敗してても、気持ちはまったく変わらなそうだなと思って」

「たしかに。コハちゃんの側にいられるならどこでもいい、って、そのまま黄泉の国に居座りそうだよね」

「だね」

と、二人は肩を震わせた。

「あの眉目秀麗《びもくしゅうれい》男子は、そないな感じなんやな」

大伯父は、澪人のことをよく知らないため、へぇ、と興味深そうに言う。

「ええ、源氏物語に出て来そうな美男子なんですけど、すごく一途《いちず》なんです」

そう説明する愛衣に、朔也は、うんうん、と頷いた。

「和人さんもそうだし、賀茂兄弟は真っ直ぐなのかもね」

「真っ直ぐなんは、朔也君も一緒やろ」

すかさず大伯父に突っ込まれて、朔也は言葉を詰まらせる。

「そうそう、朔也君も意外と真面目だもんね」

「ちょっ、やめてよ、愛衣ちゃん」

朔也は頬を赤らめ、大伯父は愉《たの》しげに笑った。

「まぁ、澪人君とはちゃうイザナギは、命からがら黄泉の国から戻って来て、禊《みそぎ》をするんや。その時、黄泉の穢《けが》れから生まれたのが、禍津日神。この世に禍《わざわ》いをもたらす神やな」

大伯父のその言葉に、愛衣と朔也は真顔になった。

「ほんで、その時にもう一柱、生まれたんや。そのお方は、禍津日神がもたらす禍いを直す神様や。それが――」

そこまで言って、大伯父は本殿の方を向いた。

――大直日神。

「そうか、ここの神様が、禍津日神の禍いを直してくれるんですね」

「それじゃあ、ここで祈禱《きとう》できたら、何も心配ないじゃないっすか」

興奮気味に言う愛衣と朔也に、大伯父は眉根《まゆね》を寄せて苦笑した。

＊　＊　＊

「――そう簡単な話やないんや」

時間は少し違っているが、奈良の高鴨神社でも、吉乃が由里子と和人に大直日神の説明をしていた。

その神様にお願いしたら安心ですね、と言った由里子に、吉乃は険しい面持ちで社を見る。

由里子と和人は顔を見合わせたあと、吉乃の方を向いた。

「……なかなか、動いてくれない神様なんですか？」

小首を傾げながら訊《たず》ねた和人に、吉乃は首を振った。

「そういうのとちゃうねん。私らの仕事はここで祈禱して、大直日神様の力を呼びよせることや。社があっても、常にそこに神様がおられるわけやない。社は天との窓口みたいなもんや。参拝や祈禱することで、神様のエネルギーを賜ることができる」

由里子と和人は、黙って吉乃の話を聞いていた。

「私らがここで祈禱して、大直日神様を天から呼ぶことができたら、この社から天に向かって、大直日神様のエネルギーの柱が立つはずや」

吉乃はそう言って、顔を上げる。

由里子と和人もつられるようにして、天を仰いだ。

「ほんでも、それができたとしても、ここや、綾戸國中神社におられる大直日神様が、そのまま東京の日比谷神社に行けるわけやないんや」

その言葉に、由里子と和人はぱちりと目を瞬かせた。

「え、それじゃあ、どうするんですか？」

「僕たちが東京まで運ぶってことですか？」

戸惑う二人に、吉乃は首を振る。

「それは、私らでは無理や。神様を運んだりできひん」

ええっ、と由里子は目を剝《む》いた。

和人は難しい表情で腕を組む。

「澪人は、どうするつもりなんだろう？」

おそらく、と吉乃は小さく息をついた。

「澪人ちゃんは向こうで祈禱して、私らが呼び寄せた大直日神様を自らの許《もと》に招くつもりやろ。そやけど、決して簡単なことやあらへん。そないなこと……」

人の身にできることやろか、と吉乃は小声で洩《も》らす。

「あの、宗次朗さんにも無理なことでしょうか？　彼も龍《りゅう》の血族なんですよね？」

由里子は、前のめりになって吉乃に問うた。

「……あの子が、今ここにいる状態で、その身をもって運ぶんやったら、簡単なことやないけど可能性はある。そやけど、東京にいる状態で、ここの神様を呼びよせるほどの力はあらへん。無理や」

吉乃は、申し訳なさそうに肩を下げた。

「そうなんですね……」

吉乃がこれほど憂いの表情を浮かべているということは、よほど難しいことなのだろう。

あの宗次朗が無理ということは、澪人にもできない可能性がある。

「そういえば、結局、『凶星』は、どうやって、禍津日神を京都から東京まで運んだんでしょう？」

由里子がおずおずと訊ねると、吉乃はそっと目を細めた。

「小春を攫《さら》ったという、藤原千歳という白い髪の不思議な子。もし、その子が藤原保親の子孫やとすると、宮家と安倍家の末裔《まつえい》や。おそらく、その子が体内に禍津日神を取り込んで、東京まで運んだんやろ。それは普通の人間にはできひん。まさに『神の器』や」

吉乃の言葉に、由里子と和人は息を呑《の》んだ。

小さな少年が、ひと時とはいえ、その身に禍々《まがまが》しい神を宿す。

「それは、もし『神の器』だったとしても、苦しいですよね？」

「おそらく、耐えがたい苦痛があったはずや」

「たしか、まだ、小学生くらいだって言ってたよね……」

可哀相に、と和人は目を伏せる。

「ほんまやね。藤原保親の子孫だからこその因果かもしれへん」

和人は、そう話す吉乃の言葉を聞きながら、黙って相槌《あいづち》をうった。だが急にハッとしたように目を見開いて、スマホを手にする。

「和人さん、どうかした？」

「このことを教えてあげなきゃ」

和人はそう言って、急いだ様子でメッセージを送っていた。

おそらく愛衣と朔也に伝えているのだろう。

由里子はというと、吉乃が言った、『人の身にできることやろか』というつぶやきが気になってならなかった。

「祈禱して、ここに大直日神様を呼ぶことができても、東京に届けられないんだったら、どうしようもないってことでしょうか……？」

由里子も俯《うつむ》きかけた時、いや、と和人が口を開いた。

「きっと大丈夫だよ。澪人なら何か考えがあると思う。僕たちはチームの仲間を信じて、今できることをしようよ」

笑顔で言った和人に、由里子と吉乃は顔を見合わせた。

「そ、そうよね」

「ほんまや。それじゃあ、祈禱しょか」

「はいっ」

三人は、明るい気持ちになって、社の方を向いた。

吉乃は、『祓戸神社』を前に、強く柏手《かしわで》をうつ。

その半歩後ろで、由里子と和人も同じように柏手をうって、吉乃と共に深く頭を下げた。

二

千歳を乗せたワンボックスカーは、日比谷神社に向かっていた。

この車は三列シートで、運転席に井上、助手席に部下の一人、二列目に千歳と川瀬、三列目に東の本部長ともう一人の部下が座っている。

先程の小春の言葉を受けて、隣に座る千歳が動揺しているのが、川瀬に伝わってきていた。

まぁ、小春の言葉のせいだけではないだろう、と川瀬は窓の外に目を向ける。

東京の街は、太陽が光り輝いているというのに、まだ小雨が降っていた。

小春が降らせた浄化の雨は、千歳が活性化させた穢《けが》れのエネルギーを洗い流している。

それはまさに、瀬織津姫の力の象徴のようだ。

この奇跡を前に、千歳のみならず、部下たちや東の本部長の心まで揺れているのが伝わってきた。

下っ端はさておき、東の本部長は、なんとか、仲間に引き入れたというのに。

川瀬は苛立《いらだ》ちを感じて、小さく舌打ちをする。

ようやく、ここまで来たのだ。

やっと、この組織を潰《つぶ》すことができる。

沸き上がるような興奮を隠そうと、川瀬は胸に下げている逆五芒星《ごぼうせい》が刻まれた黒水晶を握った。

この黒水晶は、特別な祈禱《きとう》を経て、仲間全員が所持しているものだ。

逆五芒星の力で、自らの企《たくら》みや、能力を隠すことができ、禍津日神が放たれた際、その『魔』に当てられずに済む、防御の役割も担っていた。

ふと、澪人たちが、自分たちのことを『凶星』と称していたことを思い出し、川瀬は口角を上げる。

まったく、上手《うま》い名を考えたものだ。

だが、本当に禍々しいのは、陰陽師《おんみょうじ》の組織そのものだというのに。

川瀬はそっと奥歯を嚙《か》みしめる。

幼い頃から、陰陽師の組織を憎んでいた。

父親が、組織に属している陰陽師だったからだ。

元々、父は、翻訳家だった。

人よりも霊能力が強く、学校に通うのも、会社勤めもつらかったらしい。

家でできる仕事を、と翻訳の仕事を選んだそうだ。

母は京都から東京の大学にやってきた学生で、父の原稿をチェックするアルバイトだった。気が付くと結婚していた、などと話していた。

実際は、まだ学生だった母と、男女の仲になり、子どもができたためだ。

霊能力の強い父は、時おり良からぬものが憑《つ》いている人を見付けると、それを祓《はら》ったりしていた。

父に助けられた人の中に、アンティークショップの店主がいた。彼は、魔が祓われていることに喜び、『あなたは祓い屋になったら良い』と、曰《いわ》くつきの骨董《こっとう》品、宝石を持って来るようになったそうだ。

そうしているうちに、人づてに父の評判が広まっていき、やがて父の力を知った組織の者が、やって来た。

そう、父は霊能力を買われて、組織にスカウトされた外部組だった。

最初、『陰陽師』の仕事は、あくまで副業だった。

下っ端の陰陽師の報酬は一回いくらといったアルバイトに近いもので、金額も知れている。

だが、父は陰陽師の仕事に夢中になった。

父は組織に入るまで、集団行動を苦手としていた。

特別な力を持っているため、誰とも話が合わず、自分を分かってくれる者がいなかったためだ。

だが、組織の者たちは違っていた。

皆、同類であり、父は初めて人付き合いを心から楽しめるようになった。

ずっと孤独だった父は、自分のすべてを受け入れてくれて、認めてくれた組織にどんどんのめり込んでいったそうだ。

また父は当時、組織で一、二を争う強い霊能力の持ち主で、一介の陰陽師から、すぐに審神者《さにわ》、そして審神者頭と、驚くようなスピードで出世をしていった。

審神者頭になると、他のことができなくなるほど忙しくなり、また他のことをやる必要がないほどの収入を得られる。

父は、自分が組織の審神者頭であることを心から誇りに思い、本気で本部長になりたいと努力を続けていた。

それはある日、突然起こった。

父は、特別な力を失ったのだ。

自分が力を失くしたことを、父は最初ひた隠しにしていた。

なんとか、組織にしがみつこうとしていた。

だが、隠し通せるものではない。

力を失くした父を、組織は容赦なく切り捨てた。

何よりも大切なものを失った父は、ずっと塞《ふさ》ぎ込み、やがて心の病に冒されてしまう。

あの頃、自分は、小学生だっただろうか？

と、川瀬は、窓の外を眺めながら、ぼんやりと思い出す。

道路は渋滞していて、車がなかなか動かない。

まるで邪魔をされているような気がして、再び苛立ちが募り、窓から目を逸《そ》らした。

――父が、組織から追い出された後だ。

自分にも特別な力があることを知った。

他の人に見えないものを、ジッと見詰めている自分の姿を目の当たりにした父は、狂喜して駆け寄ってきた。

『博也、お前は今、何か見えているのか？　そこに霊がいるのか？　祓うことはできるか？　組織には今もお父さんの部下がいっぱいいる。口を利いてあげよう。お前も、組織に入るといい。あそこは、素晴らしいところだ。本当に素晴らしいところなんだ。決して表に出ることはないが、国のために働いている、国を導き、国を護《まも》っている、そういうところなんだ』

大きく目を剝《む》いて、涙を流しながら自分に詰め寄った。

おぞましさに、吐き気がした。

『う、ううん、お父さん、小さな虫がいただけ。何も見えないよ』

咄嗟《とっさ》に嘘を言うと、父は絶望の表情に変わり、自分に背を向けた。

それから父は、自分に対する一切の興味を失ってしまった。

自分にだけじゃない、母にもだ。

父は、ただ、ひたすら塞ぎ込み、『また組織に戻るから』と言って仕事をしようともしない。

母は自分たちを食べさせるのに、懸命に働いていた。

周囲の者たちは離婚を勧めていたが、それでも、情はあったのだろう。別れるまでは至っていなかった。

ある冬の日だ。

父が失踪《しっそう》した。

何日経っても帰ってこず、捜索願を出したところ、父は雪山で亡くなっていたことが分かった。

父は、まるで修行者のように白い作務衣《さむえ》姿だった。

おそらく、自分の霊力を高めようと山に入り、絶命してしまったのだろう。

父が亡くなった後、自分は母と共に、京都にある母の実家に身を寄せた――。

京都での生活は、惨めなものだった。

母は、結婚の際に、勘当されていたようだ。世間体を気にする母の両親は、よく分からない男の子どもを宿して結婚し、子どもを連れて戻ってきた母を援助する気はなかったようで、冷たくあしらわれた。

貧しい母子家庭生活。

受けた理不尽な差別。

自分は悔しさで必死に勉強をした。

日本で一番難関と呼ばれる東京の国立大学に入学を果たした時だ。

自分の周りが一変した。

これまで無視し続けてきた祖父母が、手のひらを返して自慢の孫だと言い出したのだ。

苛立《いらだ》ちを感じたが、ここまで分かりやすいと簡単すぎて笑えてくる。

上手く甘えて、立てることで、大学の学費も、憧《あこが》れていたイギリス留学の費用も祖父母に出してもらった。

そこで西洋占星術に出会った。

いや、子どもの頃、京都で出会った算盤《そろばん》塾の先生に、星のことは教えてもらっていて、元々興味はあったのだ。

占星術は、陰陽師の能力のように不確かなものではない。

しっかりと学ぶだけで、宇宙の仕組み、未来や過去が分かる学問だ。

帰国後、自分は西洋占星術にのめり込んで勉強した。

だが、別に星占いで生計を立てようなどとは思わなかった。

誰にも文句を言わせない、馬鹿にされない、素晴らしいところに就職したかった。

常に、『国のために、お上のために』と言い、能力がないと分かると息子に見向きもしなくなった自分勝手な父親を見返したいと、宮内庁を希望し、見事にそれを叶《かな》えた。

しばらくは、良い時間を過ごせた。

だが、公になっていないが、宮内庁があの陰陽師組織と関わっていると知り、自分は驚いた。

心のどこかで、父の戯言《たわごと》だと思っていたからだ。

調べると、明治になった頃に表に出なくなっただけで、古《いにしえ》から続く陰陽寮《おんようりょう》の今の姿だという。

『時代錯誤な団体だよ。本当は切りたいんだ』

と、上司が忌々《いまいま》しげに言った。

その言葉を受けて、自分は陰陽師《おんみょうじ》組織について、調査をはじめた。

政治家との癒着、儀式と称した巫女《みこ》への淫《みだ》らな行為など。

上層部のおぞましい実態を知り、震えた。

父は、こんなところにすべてを捧《ささ》げていたのか。

自分は、こんな汚い組織に、人生を狂わせられたのか。

なぜ、こんなところが、いつまでも存在し続けているのか——？

「到着しました」

井上の声に、川瀬は我に返った。

日比谷神社前には、工事中を思わせる立ち入り禁止の看板が置かれ、周辺に人が入らないよう、警備員が配置されている。

警備員は制服を着ているが、皆、川瀬の部下たちだ。

部下の中でも、屈強な者たちを人選している。

こうして人払いをしているとはいえ、天の計らいなのか日中とは思えない静けさだった。

人払いは、東の本部長がした仕事だ。

東の本部長を仲間に入れることは、なかなか難しかった。

彼はとても純粋で、組織に心酔していたためだ。

それでも、彼が知らなかった組織のおぞましい部分を見せ続け、最後に自分の正体を伝えると、ようやく彼は声もなく頷《うなず》いたのだ。

組織の本部長を味方にすると、何かと都合が良い。

苦労なく、神社で儀式をする手筈《てはず》が整えられる。

川瀬はいち早く車を降りて、顔を上げた。

雨はもう上がっていた。

「…………」

日比谷神社は、まさに噴火寸前の状態だ。

普段、ここは瀬織津姫が放つ、清浄なエネルギーに包まれている。

だが今は、赤黒い渦のようなエネルギーが社に巻き付いてた。

一時的に封じられている禍津日神のエネルギーが、赤黒いヘドロとなって地中から湧き上がり、境内に漏れだしている。

それはマグマのように蒸気を出し、普通の人には分からないだろうが、異臭を放っていた。

何の対策もせずに、この蒸気に当てられたなら、たちまち普通ではいられなくなるだろう。

死にたいと思っている者は実行に移し、誰かを殺したいと思っている者は、武器を手にするかもしれない。

しかし、これでもエネルギーは、随分と抑えられている。

小春が降らせた雨が影響していた。

なおかつ、と川瀬はぐるりと辺りを見回した。

気が付くと浅草神社、明治神宮にエネルギーの柱が立っている。

それが、日比谷神社と三角形で結ばれて、負のエネルギーが外に漏れるのを最小限に留《とど》めていた。

驚くのは、明治神宮の方だ。

あんなに巨大なエネルギーの柱は、見たことがない。

ホームグラウンドではない東京で、ここまでのことをやってのける。

「やはり、さすが澪人君といったところかな」

川瀬は一瞬苛立《いらだ》ちを忘れて、心から感心した。

現段階でできることを最大限にやっているようだが、まだ、五社の結界は立っていない。

『黄泉《よみ》の穢《けが》れ』を解放したならば、すべて蹴散《けち》らせる。

「川瀬さん、澪人さんを目撃した部下から、写真が届きました。このバイクに二人乗りしているようです」

井上はスマホを手に、宗次朗と澪人がバイクに跨《また》がった状態で、路肩に停まっている写真をかざした。

「どうせ、日比谷神社にやって来るつもりだろう。では、そのバイクに事故に遭ってもらおうか。部下に指示をしてくれ」

川瀬が吐き捨てるように言うと、井上は少し驚いたような表情を見せる。

「彼は、とことんこの革命に邪魔な存在だ。致し方ない」

やむを得ない、と沈痛な面持ちを見せると、井上は納得したようで、はっ、と頷く。

川瀬は小さく笑って振り返り、千歳に向かって手を差し伸べた。

「さあ、千歳様。いよいよです」
千歳は微《かす》かに瞳《ひとみ》を揺らすも、「うん」と口を真一文字に結んで、川瀬の手を取った。

三

——斎王は、外に出なくても戦える。
そう思い、小春は引き続き祈禱《きとう》をしようとするも、心が乱れていた。
千歳が日比谷神社に向かってしまったことで、気持ちが落ち着かず、集中できない。
どうしても、ここを出たい。
なんとかできないだろうか。
窓の外を覗《のぞ》いた時、カチャリと扉が開く音がした。
小春は弾《はじ》かれたように顔を向ける。
そこにいたのは、二人の青年。
東の陰陽師だった。
以前、東の本部に訪れた際、大広間で顔を見たことがある。
彼らも川瀬に従う『凶星』なのだろうか？
小春は焦りながら、額に力を込めて彼らの思惑を探る。

青年たちから攻撃的なオーラは感じられない。

彼らは、小春を前にその場に膝《ひざ》をついた。

「我々は、東の本部長の命を受けて来ました」

えっ、と小春は眉間《みけん》に皺《しわ》を寄せる。

「東の本部長は、『凶星』に寝返ったんですよね？」

小春がそう問うと、彼らは俯《うつむ》いたまま、ギュッと拳《こぶし》を握り締めた。

「はい、我々もそうです。ですが、あなた様が降らせた雨と言葉に目が覚めました」

「今も組織に疑問はあります。でも、こんなやり方じゃなくてもいいと思ったんです。そうしたら、東の本部長から、あなた様を解放するよう連絡が来まして……」

その言葉を信じても大丈夫だろうか、と戸惑ったが、二人の目には嘘がないのが伝わってくる。

嬉《うれ》しさに、小春の胸が熱くなった。

あの時、千歳に放った言葉。

千歳は耳を塞《ふさ》いだけれど、東の本部長や他の陰陽師には届いてくれたようだ。

「これは、預かっていた、あなた様の荷物です」

彼らはすぐに、小春のバッグを差し出した。

「あ、ありがとうございます」

小春はバッグを受け取り、すぐにスマホを取り出す。

電源が切られていたため、起動させてから、小屋を出た。

「もし良かったら、指定の場所までお送りしますが」

駆け出した小春を、青年たちが追いかけてくる。

だが、小春は、大丈夫です、と首を振った。

彼らを信用していないわけではないが、早く澪人や宗次朗と連絡を取りたかった。

「ここは、どこなんですか？」

小春は、振り返って辺りを見回し、目を見開いた。見たことがある建物だったのだ。

「――ここって、もしかして……」

驚きから目を泳がせる小春に、

「どうか、ここの場所を口外しないでください。今回のことは一部の者にしか知られていない、極秘のプロジェクトだったんです。出口に案内します」

青年たちは、こっちです、と足早に案内する。

小春は混乱し、考えを纏《まと》められないまま、彼らの後を走った。

目にした建物は、宮内庁庁舎だったのだ。

つまり、ここは皇居の敷地内――。

極秘プロジェクトって、どういうことだろう？

もしかして、『凶星』は……？

小春が、青年たちの案内で桜田門《さくらだもん》の外に出た時、

「小春っ！」

バイクに乗った宗次朗が、こちらに向かってきた。

「宗次朗さんっ！　どうしてここが？」

「この辺りから、お前のエネルギーを感じて、うろうろしていたら、鳥が飛んでいるのを見たんだよ。まさか皇居の敷地内にいるとはな」

ほら、と宗次朗は、小春にヘルメットを渡した。

小春はヘルメットをかぶり、宗次朗の後ろに飛び乗る。

「澪人さんは？」

「先に日比谷神社に向かってる。俺らも行くぞ」

宗次朗はハンドルを捻《ひね》り、バイクを走らせた。

＊　＊　＊

千歳は日比谷神社を仰ぎ、そっと目を細めた。

「僕が、禍津日神の封印を解くために京都に行ったのは、一か月半くらい前だったかな？」

と、小声でつぶやく。

施設の先生には川瀬が、ボランティア団体が善意で開いている学習塾の合宿に参加すると偽って、京都へ連れて行ってくれた。

初めて訪れた京都は、何もかもが新鮮であると同時に、どこか懐かしさも覚えた。

東京よりも、人ならざる者が生き生きしているのが、不思議な印象だった。

一方で、良からぬ妖《あやかし》も多く見えた。

見事なほどに結界が張られているところもあれば、それが綻《ほころ》びを見せているところもある。

聞くと、長い歳月を経て、京都の結界が脆《もろ》くなっているという話だった。

封印を解く儀式をするまで、とても楽しかった。

元々京都に住んでいる井上はもちろん、川瀬も京都に詳しく、八坂《やさか》神社や清水寺《きよみずでら》に連れて行ってくれた。

高名な陰陽師として知られる安倍《あべの》晴明の縁《ゆかり》の神社、晴明神社にも行きたかったが、

『夜には一条戻橋に行きますから。そこは晴明神社の前なんです』と言われた。

その言葉通り、その日の夜。

千歳たちは一条戻橋に行き、密《ひそ》やかに儀式をした。

人知れず禍津日神を解放したのだ。解放といっても、封印を解くと同時に、自分の体の中に神を取り込み、自身が『神の器』となるものだ。

すべては計画通りだった。

『「黄泉《よみ》の穢《けが》れ」を取り込むのですから、苦しさもあると思いますが、どうか耐えてください』

そう言った川瀬の言葉通り、今までに感じたことのない苦痛が襲ってきた。

まず最初に感じたのは、ずん、とした体の重さ。

続いて、目眩《めまい》、頭痛、吐き気。

そして精神への影響――思い出したくもない、嫌なことばかり鮮明に頭に浮かぶのだ。

母の、『あんたなんて産まなきゃ良かった』という言葉が、何度も何度繰り返し、頭に響く。

一晩のたうち回るように苦しんだ。

それでも懸命に気持ちを奮い立たせて、千歳はもうひとつの仕事をした。

一条戻橋にやってきた谷口透に、自分が取り込んでいる『魔』を少し渡したのだ。

その後のことはよく覚えていない。

仕事を終え、気が緩んだ千歳は、気絶するように倒れてしまった。
そのまま担がれるようにして、新幹線で東京に戻された。
東京に帰った翌日、禍津日神を日比谷神社に移す準備を始めた。
深夜になってから、日比谷神社に向かうという。
それまでの時間、千歳は控室に籠《こも》り、苦しさに臥《ふ》せっていた。
長い時間、穢れの神を体内に取り込んでいたのだ。限界に近付いていた。
痛みと気持ち悪さに、何もかも吐き出してしまいそうだ。
日比谷神社に着く前に、抱えているこの神を放してしまうかもしれない。
それなら、それでいいだろう。
波動を徐々に下げて、最大限の効果にしなくても、それなりに威力はあるはずだ。
そんな思いにかられた時だ。
りん、と鈴の音がした。
何か、大きな存在がやって来るのを感じ、千歳は驚いて顔を上げた。
現われたのは水干を纏った美しい青年だった。
特別な神であるのは、一目見てすぐに分かった。
『大丈夫ですか。どうか、耐えてください』
彼はそう言って、千歳の背に手を当てた。

その瞬間、体がたちまち楽になる。

まだ苦しさはあったが、それでも持ちこたえられそうだった。

あなたは？　と訊《たず》ねると、青年はその美しい目を弓なりに細めた。

『あなたはかつて、私を驪龍《リリヨウ》と呼んでおりましたよ』

リリョウ、と千歳は口の中で復唱する。

かつて、ってどういうことだろう？

自分が覚えていない昔、出会ったことがあるのだろうか？

『ここに、私を運ばせたのは、あなた自身、あなたの想念です。しっかりと運ばれたわけではないので、今宵一晩限りで戻りますが』

彼はよく分からないことを言い、

『しかし、随分と可愛らしくなりましたね』

少し愉快そうに千歳の頭を撫《な》でた。

触れる大きな手から、とてつもないエネルギーが感じられる。

まちがいなく、彼は高次の神様だ。

こんな神様が、自分のところに来てくれるなんて……。

やっぱり自分は、選ばれた人間なんだ。

強くそう思った。

千歳はこれまでのことを振り返り、日比谷神社を見上げて、口角を上げる。
いよいよ、この日が来た。
今日、世界が変わる。
自分が世の中を変えるのだ。
一歩足を踏み出そうとすると、
「それ以上行ったら、あかん！」
背後から声をかけられ、千歳は足を止めた。
驚きはしなかった。
彼が近付いてくる気配を感じていたからだ。
千歳は振り返って、彼を見る。
澪人が息を弾ませて、そこにいた。

第五章　解放の時。

一

小春は、宗次朗の運転するバイクで日比谷神社に向かっていた。

結界以外に、エネルギーの柱がふたつ立っているのが見える。

ひとつは浅草の方で、もうひとつは、ここよりも西側。

とてつもなく大きなエネルギーの柱だ。

「宗次朗さん、あれは？」

小春がバイクの後ろで訊ねると、宗次朗は、ああ、と声を上げる。

「明治神宮で祈禱《きとう》してきたところなんだ」

「祈禱って、宗次朗さんが？」

「澪人に頼まれたんだ。なんだか、あの社の精霊たちに大歓迎されたよ」

宗次朗は、さらりと言いながらバイクを走らせる。

明治神宮は、明治天皇とその皇后（昭憲《しょうけん》皇太后）を祀《まつ》った神社だ。

皇室とはいえ、百年ちょっと昔の人間を祀っている社に過ぎないではないか、と思う人もいるかもしれない。

だが江戸から明治へ大きな時代の遷《うつ》り変わりを担った天皇には、間違いなく神々の強い支えがある。

なおかつ、あの場所に広大な神社が作られることで、重要なエネルギーを放つ土地を永きに渡って護《まも》ることができる。

それらはすべて神々の計らいであり、明治神宮は、この東京、日本にとって、とても大切な地なのだ。

そこに、龍《りゅう》の血族であり、強い力を持つ宗次朗が、この地を護るために祈禱にやって来たとなったら、精霊たちは大歓待に違いない。

それで、あんなに巨大なエネルギーの柱なんだ。

小春は呆然《ぼうぜん》としながら、感心する。

さすが宗次朗、そしてさすが澪人だ。

日比谷神社に近付くに従って、空気がどんどん重くなっていく。

異臭がするような気がして、小春は顔をしかめた。

日比谷神社まであと少しという時に、急に後方から車がやってきた。

その車は、バイクの横にピタリとつけたかと思うと、突然前を塞《ふさ》ぐように車のドアを開けた。

宗次朗は、咄嗟《とっさ》に後ろ手で小春の胸倉をつかんで歩道に放り、自分はそのまま急ブレーキをかけて転倒した。

「っ！」

衝撃と同時に、小春の体に痛みが走る。

あちこち擦り剝《む》けていたが、ヘルメットのおかげで大事には至っていないようだ。

宗次朗が上手《うま》く放り投げてくれたのだろう。

宗次朗は、と小春は我に返って顔を上げる。

走行を妨害してきた車は、すでにいなくなっていた。

転倒したバイクが、タイヤを空回りさせているのが見える。

その側で、宗次朗が路上に倒れ込んでいた。

「宗次朗さんっ！」

小春は悲鳴のような声を上げて、宗次朗の許《もと》に駆け寄る。

すると宗次朗は、「おう」と片手を上げた。

そのまま体を起こそうとして、顔を歪《ゆが》ませる。

「ちょっと足をくじいたみたいだ」

「だ、大丈夫？」

「たいしたことねーよ。それよりお前は、日比谷神社に行け」

「でも、救急車を」

「いいから、早く行けっ！　救急車は自分で呼べる」

宗次朗の真剣な眼差《まなざ》しを受けて、

「分かった」

と、小春は日比谷神社に向かって駆け出す。

必死に歩道を走る小春の姿は、周囲の者たちを振り返らせた。

無理もない、手も足も擦り傷だらけで、血が滲《にじ》んでいる。

小春は視線をものともせずに、日比谷神社へと急ぐ。

傷口が風に当たり、本当ならヒリヒリと痛むはずだが、必死だったためか、痛みを感じていなかった。

二

澪人が日比谷神社に現われたことで、警備に当たっていた陰陽師《おんみょうじ》たちが四方八方からやってきて、その体を拘束した。

澪人は、屈強な男たちに両腕をつかまれるも、特に抵抗することもなく千歳を見据える。

千歳は、そんな澪人を前に、ふっ、と笑った。

「西の審神者頭《さにわがしら》の賀茂澪人さんだね。前に、ちょっとだけ会ったよね。日枝神社ですれ違った」

「そうやね。あと、最後はあなたが、小春ちゃんに水をかけた時や」

そうだった、と千歳は笑う。

「僕は、あなた方がホテルに入っていくまで見届けたんだよ。なんにもしないで出てきたんでしょう？　紳士だね」

千歳が茶化すように言ったが、澪人は表情を変えない。

「……おおきに」

千歳は、それにしても、と澪人を上から下まで観察するように見た。

「こうして、ゆっくりあなたを見るのは初めてだけど、やっぱり美男子だね。それに、驚くほどによく似てる」

その言葉に、澪人はそっと目を細めた。

「似てるて……黒龍様やろか」

まさか、当ててくると思っていなかった千歳は、驚いて目を見開いた。

「あなたもあの方を知っているんだ。そして似ていることまで自覚してる。賀茂家とあの龍神様《りゅうじん》は何か関係があるのかな？」

「そこまでは分からへん。あなたこそ、あの方とどないな関係なんやろ？」

訊《き》き返され、千歳は、さあ、と首を傾げた。

「僕もよく分からない。昔に会ったことがあるようなことを言っていたけどね」

会話を続ける二人に、川瀬が「千歳様」と促すように声をかけた。

「…………」

澪人はそんな川瀬に向けて、冷ややかな一瞥《いちべつ》をくれる。

「怖い顔だね、澪人君。俺が君らが言うところの『凶星』だと知って驚いた？」

「……驚きはしたけど、あなたやと分かった時は、納得もした」

「俺、怪しかったかな？」

と、川瀬は心外そうに自分を指差した。

澪人は拘束されたまま、そっと肩をすくめる。

「あなたのガードがあまりに固かったからや。自分の力を漏らさず、心も見せない。陰陽師の中にそういうタイプもいてるし、気にしてへんかったんやけど、張り付いたような笑顔も、物腰の柔らかさも、全部、本心を隠す仮面やったんやって思た」

川瀬はそっと口角を上げた。

「張り付いたような笑顔って、傷付くなぁ」

「ほんで、本部長まで引き入れたんや」

と、澪人は、部下たちの後ろで隠れるようにしている東の本部長に視線を送る。

東の本部長は、弱ったように目を伏せた。

「どうせ、巧みに言うたんやろ。『このクーデターは、宮内庁の指示や』て」

そう言った澪人に、東の本部長は弾《はじ》かれたように顔を上げ、川瀬はぴくりと眉《まゆ》を顰《ひそ》める。

「そ、そうなんだ、澪人君。これは、お上の、国の意思だからと。宮内庁の人間からも説得を受けて。だから私は……もしかして、それは嘘なんだろうか？」

身を乗り出す東の本部長に、

「下がれっ！」

と、川瀬は怒りを露《あら》わにした。

東の本部長は豹変《ひょうへん》した川瀬に驚き、びくっと体を震わせた。

「やっぱりそうなんや。小春ちゃんのエネルギーが皇居の方から放たれてるし、あなたは元々宮内庁の人間。宮内庁の中には近年、陰陽師組織を疎ましく思うてる者も多い。反対派の指示を受けて、あなたは組織に入り込んだスパイやな」

そう言った澪人に、川瀬は否定しない。

「反対派は、常に陰陽師組織を解体に追い込む理由を探してたんや。都内に禍津日神が放たれてしまうなんて失態を組織が起こしたら、間違いなく『そないな役立たずの組織、必要あらへん』て流れになるやろ」

「それじゃあ、やはり宮内庁の意思というのは、本当なんだね？」

これまで半信半疑だったのだろう、東の本部長は、どこか脱力したように言う。

「川瀬さんが宮内庁のスパイていうのはたしかやけど、宮内庁の総意とはちゃうはずや。あくまで、『反対派』が勝手にやったこと。この国は、表立っていないものの、まだまだ陰陽師の存在を必要としてる」

「――そうだよ」

と、これまで黙って話を聞いていた千歳が口を開いた。

皆は、千歳に注目する。

「だから、腐った組織を潰《つぶ》して、新たな組織を作るんだ。僕はそのリーダーに選ばれたんだよ」

千歳は目を輝かせながら、胸に手を当てた。

「ちゃう、あなたは利用されてるだけや」

はっ？　と千歳は目を剝《む》いた。

即座に川瀬が「彼を連れて行けっ！」と声を張り上げる。

澪人は抵抗しようともがくも、警備に選ばれた屈強な男たちの強い腕はほどけそうになく、顔を歪《ゆが》ませる。

一方、千歳は、澪人の言葉と、川瀬の焦ったような態度に戸惑いを覚えた。

ふと、心に疑問が生まれた。

もしかしたら、澪人が言ったように自分は利用されているのだろうか？

「川瀬さん……」

不安な瞳《ひとみ》で見上げると、川瀬はにこりと目を細めた。

「……すみません。雑音であなたの心を乱したくなかっただけです。言ったでしょう？　あなたは高貴な血筋の特別なお方。新たなリーダーに相応《ふさわ》しいお方です」

うん、と頷《うなず》き、千歳は階段を上り始めた。

日比谷神社は、階段を数段上ると、すぐに鳥居がある。

鳥居をくぐると、地下から湧き上がる穢《けが》れのエネルギーに目眩《めまい》を覚え、体がびりびりと痺《しび》れた。

「っ」

苦痛に千歳は顔を強張《こわば》らせた。

この穢れのエネルギーを受けないように、とまじないをほどこした石を身に付けているが、ここに来てしまえば、気休め程度にしかなっていない。

京都で封印を解いた時よりも、ずっと巨大なエネルギーとなっている。

千歳は階段を上りきり、周囲を見回す。

小さな境内には地下から溢《あふ》れ出ている赤黒いヘドロが付着し、異臭を放っていた。

赤黒いヘドロはまさに高温のマグマのようで、しゅーしゅーと音を立てて、黒い蒸気を上げている。

その蒸気は境内に立ち籠《こ》めていて、邪悪な蛇のように本殿に巻き付いていた。

この情景は、祈禱《きとう》をしていた時、頭の中で確認していた。

だが、実際目の当たりにすると、おぞましさに気圧《けお》される。

これは、すべて自分がやったことなのだ。

ぶるりと体が震える。

千歳は迷いを振り切るように頭を振って、本殿の前に立った。

息を吞《の》んで一礼し、深呼吸をしてから、手を組み合わせる。

「千歳君！」

その時、駆ける音と共に小春がやってきた。

だが、小春も即座に警備員に腕を摑《つか》まれる。

「小春ちゃん！　離せ！」

澪人は一人を地に倒すも、もう一人の警備員の羽交い絞めに合っている。

千歳は、やれやれ、と振り返る。

「どうやってあそこを抜け出したの？　本当に斎王は怖いなぁ」

小春は警備員に拘束され、もがきながら声を張り上げた。

「お願い、絶対に解放しては駄目！　たとえ、大人たちに言葉巧みに騙《だま》されてやったとしても、あなたがやってしまえば、あなたの因果になる」

「黙れ、早く連れて行け！」

と、川瀬が叫ぶ。

「見て、千歳君。あなた以外の誰も、境内に入ろうとしてないでしょう？　みんな、穢れが充満しているそこに入りたくないの」

その言葉を、千歳は嘲笑《あざわら》う。

「そんなことあるわけないじゃない。ほら、みんなもこっちに来てよ」

千歳がそう言うも、誰もその場を動こうとしなかった。

どうして、と千歳は目を見開く。

川瀬はもちろん、今力を失くしている部下たちも、知識はある。

この穢れが充満している境内には、決して足を踏み入れたくないと思っていることが千歳に伝わってきた。

「嘘だよね。川瀬さん、本部長、井上さん、他のみんなも、ここに来てよ」

千歳が呼びかけたが、皆は弱ったように顔を見合わせるだけ。

「私たちのようなエネルギーの弱い者は、そこまで強い『黄泉《よみ》の穢れ』のエネルギーに耐えられないんです」

苦笑して告げる川瀬に、千歳は言葉を詰まらせる。

澪人は、警備員の腕を掴んで、そのまま地に倒し、顔を上げた。

「そないなもん、ただの言い訳や。これで分かったやろ、みんな、あなたを利用してるだけや。安全なところで、汚れ仕事をあなたにさせてるんや。あなただけやない、他の部下たちも、みんな川瀬さんに利用されてるだけや」

澪人の言葉に、川瀬の部下たちは、えっ、と目を見開いた。

「黙れ！　これは、千歳様にしかできないことだからです！」

川瀬は必死にそう続ける。

澪人は、小春の腕を掴んでいる警備員の脇腹を蹴《け》りつける。

警備員が吹っ飛んだところで、澪人は小春を抱き留めた。

「くそっ、何をやってるんだ。今すぐに二人を追い出せ！」

川瀬の命を受け、警備員たちは立ち上がって、再び澪人と小春を拘束しようとした。

「ほんまは、この術、使いたなかったんやけど」

澪人は素早く印を結び、まじないを口にする。

——あんたりをん、そくめつそく、びらりやびらり、
そくめつめい、ざんざんきめい、ざんきせい、
ざんだりひをん、しかんしきじん、あたらうん、
をんぜそ、ざんざんびらり——

唱え終えて、すぐに警備員たちの胸や背中に掌《てのひら》を叩《たた》きつけていく。

すると、彼らは即座に白目を剝《む》いて、その場に倒れ込んだ。

「これは、千歳君が私にかけた術……」

そう、と澪人は頷いた。

「杉山僧正《すぎやまそうしょう》から伝わる『人を気絶させる』まじないや。禁術みたいなもんで、よほどやないと使わへん」

「くそっ、警備員じゃなくていい、お前ら、あいつを止めろ」

川瀬が必死に言うも、部下たちは弱ったような顔をするだけで動かなかった。

すべてを境内の上から眺めていた千歳は、冷ややかな目で言った。

「……いいよ。何人飛びかかろうと、敵《かな》わなそうだし」

千歳の言葉を受けて、部下たちはホッとしたように顔を見合わせ、川瀬は弱ったように頷いた。

千歳は、小春と澪人を見下ろして、目を弓なりに細める。

「それじゃあさ、話をしようよ」

小春と澪人は、えっ、と千歳を見上げた。

「二人はここまで来られる？　川瀬さんは、エネルギーの弱い者はここに耐えられないようなことを言ったけど、実際はエネルギーの強い人間の方がこたえると思うんだ」

澪人は、そうやろうね、と頷き、川瀬はばつが悪そうに目を逸《そ》らした。

「ここまでおいでよ。そうしたら、話を聞くよ」

試すように言う千歳に、小春と澪人は互いに目配せをすることもなく、まっすぐ前を向いて躊躇《ためら》いもせずに歩き出した。

鳥居をくぐって階段を上りきり、境内に入って、小春と澪人は足を止めた。

千歳は、ぐっ、と息を呑んで、小春と澪人を見る。

小春も澪人も、この地の穢れのエネルギーを受けて、苦しそうだ。

それは、そうだろう。

霊能力が強ければ強いほど、波動に敏感になる。

背中の中心が腫《は》れたように重くなり、頭が割れるように痛み、体中が痺れ、呼吸もしにくいに違いない。

それは、精神にも影響が出る。

「ここに来て、後悔してるんじゃない？　今、あなた方の心は『負』でいっぱいになっているよね？　さあ、本音を言いなよ」

千歳は、鼻で嗤《わら》うようにして二人を見る。

低い波動は、人を落ち込ませる。

普段は、忘れているような、嫌な出来事を鮮明に思い出させ、なおかつポジティブに転換することも許さない。

二人は、もっとも思い出したくない記憶に触れて、人を気遣う余裕などないはずだ。

小春は、穢《けが》れのエネルギーに当てられ、息を切らしながらも口を開いた。

「千歳君、解放しないで。あなたは、必ず後悔することになる」

澪人が、そうや、と一歩前に出る。

「先祖からの因果を引き継いだらあかん。ここで断ち切るんや。禍津日神を放ったらあかん」

「まだ、そんなことを言うんだ？」

千歳は茶化すように肩をすくめ、話を続ける。

「僕を気遣う振りをしながら、組織を壊されたくないだけなんだよね？　二人はそんなに腐った組織が大事？」

小春は「そんな」と首を振り、澪人は声を張り上げる。

「ちゃう、そんなんやないっ！」

その迫力に、千歳は体をビクンとさせた。

「たしかに、千歳君が言うたように、今の組織は腐った部分がある。世の中も変わらなあかんところはたくさんある。そやけど、こないなやり方やなくてもええ。何より、あなたが大罪の首謀者にならなくてええんや」

「そうだよ。千歳君が、背負う必要はない。お願い千歳君、絶対に解放しないで」

うるさい、と千歳は小声で洩《も》らす。

「今ならまだ間に合うから」

「そうや。こないなもん、解放したら、どれだけの因果を背負うか」

千歳は、弾《はじ》かれたように、うるさいっ、と顔を上げた。

「うるさい、うるさい、うるさいうるさいうるさい。幸せに暮らしていたお前たちに、僕の気持ちなんて分かるもんか。僕はずっと化け物のように見られてきたんだ。ようやく本物の化け物になれるなら本望だよ！　どうせ僕は、化け物なんだ！」

「化け物なんかじゃない！」

小春は喉《のど》の奥から絞り出すように叫んだ。

「っ！」

千歳は絶句して、小春を見る。

小春は目を潤ませながら、こちらを見ていた。

「千歳君、あなたも本当はこの境内に入って戸惑ったんだよね。頭で考えていたのと、実際にここに来てみるのとでは違って、驚いたんだよね？　こんなおぞましいエネルギー、心から放ちたいと思っているわけじゃないんだよね？　悔しい想いをたくさんしたけれど、まったく関係ない人たちを苦しめたいなんて、あなたは思ってない」

「思ってるよ！　みんなみんな、不幸になればいいんだ。僕と同じになればいいんだ！　おぞましい世界になるなんて、僕にとっては嬉《うれ》しいことだ、夢みたいだよ……」

千歳はムキになって叫ぶも、その声はどんどん小さくなっていく。

「嘘だよ。千歳君は、本気でそんなことを思っていない。あなたは本当は優しい心の持ち主で、だからこそつらかったんだよね？」

真っ直ぐに目を見て言った小春に、千歳は下唇を噛《か》んだ。

「……聞いて、千歳君。過去はどうしようもないけど、未来は変えることができる。運命は決まっているという話があるけど、未来は違う。未来は決まってない。いくつもいくつもあって自分で選べるの。どんな境遇からスタートしても、良い選択を続けることで、良い未来に行ける。ここがあなたの分岐点。どうか自分の明るくて楽しい未来をつかんで。どうか、あなたの人生を取り戻して」

小春の必死の訴えを受けて、千歳の体が小刻みに震え出した。

千歳は顔を歪《ゆが》ませて、俯《うつむ》く。

しばしの沈黙が訪れる。

千歳は、ギュッ、と目を瞑《つむ》り、ややあってそっと口を開いた。

「……だけど、もう、手遅れだよ。ここはこんなになってる」

千歳の小さな囁《ささや》き声を受けて、小春と澪人は首を振った。

「そんなことないよ」

「そうやで。まだ間に合う」

そう応《こた》える二人に、千歳は俯いたまま、

「どうすればいい？」

と、静かに問うた。

「私たちのところに来て」

顔を上げると、小春と澪人が手を伸ばしている。

千歳はおずおずと二人の許に向かった。

小春はすぐにしゃがみこんで、千歳の顔を覗《のぞ》く。

「こんな大きな穢れのエネルギーを相手に、苦しかったでしょう？　世の中の負の部分を一人で背負いこんで、重かったよね」

小春は、そっと千歳の頭を撫《な》でた。

小春の体に、この社にいる瀬織津姫の姿が重なった気がした。

千歳の目頭が熱くなる。

二人はこの『負』のエネルギーが充満する中で、偽りなく自分を気遣っている。

境内をこんなにしてしまったのに、この社の女神は僕を労《いた》わってくれている。

「――っ」

千歳は、溢《あふ》れ出す涙を止められずに、腕で目を押さえた。

「もう大丈夫だよ」

小春が優しく抱き寄せて、頭を撫でる。

澪人もしゃがんで、千歳の背を摩《さす》った。

「もう大丈夫や」

うん、と千歳は頷《うなず》いて、小春にしがみつき、声を上げて涙を流す。

「ずっと一人きりで、つらかったね」

小春は、千歳の体をぎゅっと抱き締めた。

その時だ。

「嘘だろう、嘘だろう、嘘だろう？」

川瀬が目を剥《む》いて、境内に入ってきた。

「川瀬さん……？」

先ほどまで、決して境内に入りたがらなかったのに……。

千歳は、驚いて顔を向けた。

川瀬は髪を振り乱して、目を見開いている。

彼もこの地に立ち込める穢れのエネルギーを受けているのだろう。

明らかに普通ではなかった。

「え、嘘だろう、今さらやめるなんて言うなよ、千歳」

真っ赤な目で嘲笑《あざわら》うように言う川瀬に、千歳は気圧《けお》され、微《かす》かに仰《の》け反った。

澪人はすっくと立ち上がって、二人を護《まも》るように前に出る。

「川瀬さん、僕はあなたが黒幕やて分かった後、東の本部の陰陽師《おんみようじ》に、あなたに関する情報を送ってもらったんや。あなたの父親は、元々東の本部の審神者頭《さにわがしら》やったって話やね」

そう言った澪人に、川瀬は何も言わない。

「でも、力を失くして、組織を脱退した」

「脱退？　追い出されたんだよ」

と、川瀬は歪むように笑う。

「……父親が亡くなった後、母親の実家がある京都に行ったって話やけど、もしかして、あなたは安倍家の当主——安倍公生さんを知ってはるのとちゃいますか？」

澪人の問いに、川瀬はぴくりと眉《まゆ》を引きつらせた。

「どうして、そう思うんだ？」

「あなたは禍津日神のことを『黄泉《よみ》の穢《けが》れ』て言う。それは、安倍の当主が言うてたのと同じや」

川瀬は、ふぅ、と息をついて、口角を上げた。

「ああ、俺は彼の算盤《そろばん》塾に通ってたんだ。そこで、力を見出《みいだ》してもらい、様々なことを教わった。良くしてもらった。勝手に文献も読ませてもらっていたよ。一条戻橋に『黄泉の穢れ』が封印されているのは、安倍家にある文献を読んで知ったことだ」

小春は、信じられない、と口に手を当てた。

「それなのに、どうして、こんなことを？　良くしてもらったんですよね？」

「ああ、とても良くしてもらったよ。母子家庭で貧しい俺たちを、とても気遣ってくれた。優しくしてくれたよ。施してくれた。力のある陰陽師が、だ。それがどんなに惨めなことか分かるか？　俺の父親も同じように力があったんだ。力を失くさなかったら、遠慮しながら施しを受けるようなことをしなくて良かったんだ。千歳、お前には分かるだろう？」

川瀬は叫ぶように言って、千歳を見る。

千歳には、その気持ちが痛いほどに分かった。

彼は悔しく、そして猛烈に羨《うらや》ましかったのだ。

心がすさんでいた時、安倍公生という人間が、川瀬には眩《まぶ》しすぎたのだろう。

素直に恩恵を受け取れないほどに――。

「どんなに良くしてもらおうと、俺は陰陽師を、霊能力者を憎んでいる。奇妙な能力を振りかざして、ヒエラルキーのトップに立って欲望の限りを尽くす！ そんな人種、いなくなればいいんだよ、おぞましい。賀茂澪人、俺はお前のことも大嫌いだ。本性を剝き出しにして、その女を抱いたら良かったんだよ！」

心からの叫びに、千歳はおろか、境内の外にいた川瀬の仲間たちも驚いて硬直した。

「川瀬君、君は、今の組織の体系を壊して、新たにより良い組織を作ることが目的だったんじゃないのか？ この儀式は、そのための革命だと」

戸惑いながら問う東の本部長に、川瀬は、ぷっ、と噴き出した。

「そんなの、嘘だよ、嘘。全部ぶっ壊すつもりだったんだ。『黄泉の穢れ』を解放したら、どうせガキは正気でいられなくなるはずだ。もし無事でも、そんなことをやった首謀者がリーダーになんてなれるわけがないだろ。賢い振りして、馬鹿なガキだ。『千歳』って漢字を横に合わせると『穢《けがれ》』のようになるだろう。お前はまさに、穢れを放つためだけに生まれてきてるんだよ」

あはは、と川瀬は腹に手を当てて嘲笑う。

千歳は怒りに、自分の髪が逆立つ気がした。

「そうだ、怒りに任せて爆発させせろよ、ケガレ君」

千歳の体から、蒼《あお》い炎が湧き上がる。

境内の空気が張り詰め、千歳の怒りと地下のエネルギーが同調していくのが分かる。

「千歳君、駄目ッ！」

小春は悲鳴のような声を上げて、千歳を強く抱き締める。

「どうせ、僕は穢れだよ。そのために生まれてきたんだ！」

千歳が小春の腕の中でもがいたその時、

――一人にしてごめんね。


そんな声が、千歳に届いた。

この声を千歳はよく知っていた。

目を開くと、小春に女性の影が重なっていた。

それはとても朧気《おぼろげ》で、風が吹くと消えそうに危うく、姿形がよく分からないほど透けている。

これまで、数えきれないほど霊を見てきたというのに、一番会いたい人の姿は見られなかった。

千歳がもっとも、会いたかった人――。

「……お母さん？」

千歳は小声で訊《たず》ねた。

ぼんやりした影は、頷いたように感じた。

〝たくさん、つらい思いをさせてしまって、ごめんね。死ぬ間際になって、他の人が見えないものが見えるようになって、ようやく千歳の苦しい気持ちが理解できた。あなたを理解できずにいて、ごめんなさい。あなたは、人とは違う力を持っているだけで、化け物じゃない。元気になったら、千歳のところに迎えに行って、あなたを傷付けてきたことをちゃんと謝って、今度こそ仲良く幸せに暮らしたいと思っていた〟

〝迎えに行けなくてごめんね。千歳にもう一度会いたかった。それは叶《かな》わなかったけど、これだけは、叶ってほしい。千歳には幸せになってもらいたい〟

「お母さん――っ」

千歳は小春に強く抱き付いて、うわあああ、と涙を流した。

小春もしっかりと千歳を抱き締め返す。
千歳の中に湧き上がっていた怒りが消えていく。
川瀬は、ちくしょう、と悔しげに舌打ちする。
境内を見回して、仕方ない、と洩《も》らした。
「まぁ、ここまで高めてくれたなら、その扉を開けるのは誰でもいいだろう」
素早く印を組みながら、まじないを口にした。

くきぞとうがち
ばれすをえがち
もかしつた
にきさのやるか
のおちらあ

やめて、と小春が叫ぶ。
だが、遅かった。
川瀬はまじないを唱えた後、解放の五芒星《ごぼうせい》を描き始める。
頂点から右下、左上、右へと描いていき、星の形となった。

その瞬間、地鳴りと共に、地中に封じられていた禍津日神のエネルギーが、まるで噴火したように、天に立ち昇った。

三

禍津日神の赤黒いヘドロのような穢れのエネルギーは、天まで昇った後、ぼたぼたと地に落ちていく。

「やった、やったぞ!」

川瀬は狂喜して、両拳《こぶし》を振り上げた。

くるくると回っている。

明らかに正気を失っていた。

千歳は、呆然《ぼうぜん》と立ち尽くし、小春は、凄《すさ》まじい苦痛と激痛を覚え、胸に手を当てた。

「小春ちゃん、千歳君、気をしっかり持つんや」

と、澪人が二人を抱き寄せる。

「澪人さん」

禍津日神の穢《けが》れのエネルギーが、どんどん広がっていってしまう。

どうしよう、と小春が目を瞑《つむ》ったその時だ。

コウメとコマが、水天宮での祈禱《きとう》を終えて、東京大神宮に戻ったのが分かった。

五社すべてに結界の柱を立てたのだ。

その柱は即座に皇居を中心に円形になり、この日比谷神社とつながって、見えないバリアとなる。

禍津日神のエネルギーの拡散を防いだ。

「コウメちゃん、コマちゃん！」

苦しい体を引きずるようにして二柱が祈禱してくれたことが伝わって、小春の目に涙が滲《にじ》む。

同時に、小春のバッグの中のスマホが震動した。

小春は慌てて、スマホを確認する。

チームからのメッセージだった。

『綾戸國中神社の祈禱、完了したよ。すごいエネルギーの柱が立ってるって！』

そう送ってきたのは、愛衣だ。

『こちら、高鴨神社チームも祈禱完了。大直日神様を呼び寄せることができました！』

と、由里子からのメッセージも入っている。

この二つは気付かなかっただけで、少し前に届いていたもの。

今届いたメッセージは、次の朔也から来たものだ。

『西の本部長たちからも、九州の警固神社をはじめとした、西日本あちこちの大直日神様が祀《まつ》られている神社の祈禱を終えたって連絡が来たよ。チーム西日本、準備完了です。いつでもOKだって』

「澪人さん、これって……」

小春は戸惑いながら、澪人にスマホを見せた。

「ああ、僕が頼んでたやつや」

頷《うなず》いた澪人に、小春は「そうか……」と驚きながら口に手を当てる。

大直日神様は、禍津日神の『禍《わざわ》い』を『直す』神。

今、まさに必要なエネルギーだ。

だが、西日本の各地で、そのエネルギーを呼び覚ましたとしても、どうやってここまで呼ぶのだろう？

「澪人さん、どうやるんですか？」

「僕の身だけでは無理や。小春ちゃん、ほんで千歳君、手伝うてくれへん？」

と、手を伸ばした澪人に、小春と千歳は、もちろん、と答える。

「でも、どうすれば？」

「三人で三角形の結界を作って祈禱して、まずこの地に高名な神様を降臨させるんや」

　そうか、と小春と千歳は納得した。

　自分たちだけでは、西日本各地の神様をここまで引き寄せることは難しい。

　だが、神様が、神様を呼ぶとなったら別だ。

「この地にいる高名な神様って、どこの神様を？」

　もしかして、明治神宮の神様だろうか、と小春は、宗次朗が祈禱して立てたエネルギーの柱に目を向ける。

「もちろん、明治神宮や浅草神社をはじめとしたこの地の神様のお力を借りるつもりやけど、僕らが呼ぶんや。あの方しかいぃひん」

「あの方って……？」

　小春と千歳は小首を傾げたが、その直後に、はっ、と顔を見合わせて、強く頷いた。

「さっき、川瀬さんが唱えたのは、『悪夢を正夢にしない』という良いまじないを逆さから読んだものなんや」

　悪夢を正夢（現実）にしないまじないを逆さに読むことで、現実を悪夢に変えたということなのだろう。

　小春は苦々しい気持ちで顔をしかめる。

「そやから、僕らは、それを正規の形で唱えたあと、祝詞《のりと》でこの地の神様とあの方を呼び寄せる。まじないは分かるやろか」
そう問うた澪人に、千歳は頷き、小春は「きっと大丈夫です」と拳を握る。
今の自分が分かっていなくても、玉椿の記憶が手助けしてくれるだろう。
三人は、境内の中心に、三角形になるように座った。
二礼二拍手をして、まじないを口にする。

あらちおの
かるやのさきに
たつしかも
ちがえをすれば
ちがうとぞきく

そして、大祓《おおはらえの》 詞《ことば》だ。

——高天原爾《たかまのはらに》 神留坐須《かむづまります》 皇賀親《すめらがむつ》 神漏岐《かむろぎ》 神漏美《かむろみ》乃《の》 命以知《みこともち》氏《て》 八百萬神等乎《やおよろずのかみたちを》 神集閉《かむつどへ》
爾《に》集賜比《つどへたまい》 神議里《かむはかり》爾議賜比《にはかりたまい》氏《て》 我賀《あが》、皇御《すめみ》孫命波《まのみことは》 豊葦原水穂國乎《とよあしはらみずほのくにを》 安國登《やすくにと》 平介久《たいらけく》 知食《しろしめ》
世登《せと》——

りん、と鈴の音がした。

これは、彼が来てくれる合図。

どうか、ここに――。

小春は眉間《みけん》に力を入れる。

「若宮くんっ！」

小春が声を張り上げた時、ずずっ、と振動を感じた。

日比谷神社の境内よりも大きな黒龍の頭が、地中から出てきた。

「っ！」

境内の外でおろおろしていた東の本部長、他に今も能力がある陰陽師《おんみようじ》たちは、突然現われた巨大な龍《りゆう》の姿に、仰天してその場に座り込む。

黒龍は、一瞬のうちに天へと昇ったかと思うと、強い光を放った。

その光に引き寄せられるように、まず、京都の綾戸國中神社からエネルギーの光が届く。続いて、奈良の高鴨神社。

そして、さらに遠くから、小春と千歳が思わず、仰《の》け反るようなエネルギーがやってきた。

「西の本部長たちや」

九州の警固神社をはじめとした大直日神のエネルギーが、日比谷神社に降りてくる。

眩《まぶ》しい光に、小春は目を覆いながら、空を仰いだ。

まるで流れ星が、この境内に降り注いでいるようだ。

みるみる集まってくる大直日神のエネルギーの光は、この境内から発せられる赤黒い穢れのエネルギーに巻き付いていく。

マグマに大量の水が降りかかったように、白い蒸気が立ち込めた。

その蒸気は、光の龍に姿を変えて、天へと還《かえ》っていく。

みるみる、日比谷神社の境内が清浄な状態へと戻っていった。

すると、三人が作った三角形の上に、瀬織津姫が現われた。

白衣に朱色の袴《はかま》、千早を羽織った巫女《みこ》装束で、頭には花簪《はなかんざし》、挿頭《かざし》、前天冠《まえてんかん》を飾った美しい女性の姿をしていて、彼女の周りを、半透明で水色に光る水龍《すいりゅう》が取り巻いている。

瀬織津姫が、空に向かって手を上げると、水龍が天に昇り、パッと弾《はじ》けた。

次の瞬間、ぽつ、ぽつ、と雨粒が落ちてきて、やがて、さー、と雨が降り注いだ。

浄化の雨だ。

それは東京の地に飛散した穢《けが》れを洗い流していく。

やがて、雨は太陽の光を反射して、夕暮れの空に大きな虹《にじ》を作った。

「……もう大丈夫って、天が言ってるようですね」

小春が虹を仰ぎながら、独り言のようにつぶやくと、澪人が小さく笑った。

「まるで旧約聖書の『契約の虹』やね」

旧約聖書では神は、ノアに方舟《はこぶね》を作らせた後、浄化のために洪水をおこし、その後、『もう、決してこのようなことはしない』と虹を見せる。

それが、契約の虹。

もう大丈夫、という証《あかし》だ。

小春は、本当ですね、と微笑み、ふと思い出して川瀬の姿を探した。

彼は境内の隅で、放心したようにその場にしゃがみ込んでいる。

「…………」

禍津日神の穢れのエネルギーを利用して、組織に復讐《ふくしゅう》しようとしていた川瀬だが、その穢れのエネルギーに取り込まれてしまったようだ。

大きな力は、軽々しく利用できるようなものではない。

やがて、事態を知った東の本部から陰陽師がやって来て、川瀬や井上、東の本部長を連行していった。

降り続いた雨はやみ、瀬織津姫は微笑みながら半透明になって、そのまま本殿へと吸い込まれるように消えていく。

小春、澪人、千歳は、深く頭を下げてから、顔を上げる。

これまでの時間が、長かったのか短かったのか分からない。

気が付くと、日が暮れだしていて、月が顔を見せていた。

境内はひと気がなく、シンと静まり返っている。

頭上に気配を感じて、顔を上げると、水干を纏《まと》った青年が、ふわりふわりと空から舞い降りてきていた。

「若宮くんっ！」

小春は、境内に降り立った若宮の許《もと》に駆け付ける。

『小春さん、がんばりましたね』

今は青年の姿をしている若宮は、そっと小春の頭を撫《な》でた。

『そしてお二人とも、お疲れ様でした』

そう言って顔を向けた若宮に、澪人は頭を下げる。

「お力を貸してくださって、ありがとうございました」

いえいえ、と若宮は首を振った。

『あなたが、わたしを信じてくださっていて嬉《うれ》しかったです』

「ええ、ほんまに。僕はあなたを、無条件で信頼してました」

小さく笑った澪人に、若宮も笑みを返す。

そして、と若宮は、千歳を見下ろした。

『あなたには、ご恩がありました。お返しできて良かったです』

「えっ、僕に恩が？」

千歳はきょとんとして、自分を指差した。

『はい。これで、借りは返しましたよ。晴明殿』

にこりと微笑んだ若宮に、千歳と小春は「ええっ？」と目を丸くした。

「もしかして、千歳君の前世は、安倍晴明ってこと？」

「えっ、僕が、安倍晴明？」

二人が仰天している横で、澪人は「やっぱり」と腰に手を当てる。

おや、と若宮は扇で口許を隠した。

『澪人さんは、気付いておられましたか？』

「ええ、こないな力の持ち主、そうとしか考えられへん」

『さすがですね』

小春は、若宮と澪人の話を聞いて、驚きながらも、納得した。

思えば千歳が放つ、蒼《あお》い炎のようなエネルギーを小春は知っているような気がしていたのだ。

それは、前世の記憶だったのだろう。

安倍晴明の姿を思い起こし、小春は頬を緩ませた。

若宮は、千歳を見詰め、強い眼差《まなざ》しを向ける。

『ですが、すべては過去のこと。今のあなたは、藤原千歳です』

「は、はい」

千歳は背筋を伸ばした。

『千歳という名。彼は、「穢《けがれ》」のようだと言っていましたが、違いますよ』

千歳は、川瀬があの時放った言葉をまだ気にしていたようで、瞳《ひとみ》を揺らした。

『あなたは、千の歳月を経て、この地に生まれてくる――、そういう運命にあったのでしょう』

若宮の言葉に、千歳は救われたように胸の辺りをギュッと握った。

『よく、解放を思い留《とど》まりましたね』

若宮が優しく告げると、千歳は肩をすくめて、ちらりと小春と澪人を見る。

「……二人のお陰です」

『だとしてもです。どんなに言葉巧みに騙《だま》されようと、もしくは優しく導かれようと、決断し、実行するのはあなたです。自分のしたことが結果となります。運命と未来は、似ているようで違っています。この世に生まれてくること、生まれ落ちた境遇が「運命」と言えるもので、その先の「未来」は自分次第。小春さんが言ったように、未来はいくつもあって、人はどの未来に行くか選べるのです。一つ一つの自らの選択で、どの未来に行くかが変わってきます。まさに今日は、あなたの人生の分岐点でした。すんでのところで良い未来の扉を開けることができて本当に良かったです』

そう言って若宮が微笑むと、千歳は安堵《あんど》したように頬を赤らめる。

だが、その後に複雑な表情を浮かべた。

『おや、どうしました？』

「……見守ってくれていたなら、初めからそうやって教えてくれたら良かったのに。あなたの言葉なら素直に聞けました」

口を尖《とが》らせて言う千歳に、若宮は扇で口許を隠して、ふふふ、と笑う。

『そうして差し上げたかったところですが、我々は基本的に、導くだけで答えを教えられはしません。その代わり、天はあなたを助ける存在を遣わせていたでしょう？』

と、若宮は、小春と澪人に視線を送る。

千歳は、はい、と頷《うなず》いた。

『それに、これまでだってそうです。天は人を介して、あなたに何度も救いの手を差し伸べてきたはずです。川瀬さんにもそうでした。ですが、これまでのあなたや川瀬さんは、受け取ってこなかったようですが』

千歳は身に覚えがあるのだろう。

ばつが悪そうに目を逸《そ》らしている。

『ですが、これからは違ってきますね。どうか良い未来を選び続けてください。もうあなたは一人ではありませんよ』

その言葉に千歳は、ぎこちなく頷く。

そう言われても一人だと感じているのだろう。

これから、千歳はまた施設に戻るのだ。

だけど、彼のひとつひとつの選択次第で、必ず良い未来を引き寄せられるはずだ。

いつでも京都に遊びに来てね、と言うのは、無責任だろうか？

小春が迷っていると、ほんなら、と澪人が口を開いた。

「僕は千歳君を送るさかい、小春ちゃんは若宮様と……」

澪人がそう言いかけた時、初老の女性が、境内に現われた。

小春は少し驚いて振り返る。

てっきり今は、若宮の計らいで人払いがされていると思っていたからだ。

彼女は、こちらを見て、躊躇《ためら》った様子で口を開いた。

「もしかして、千歳君？」

えっ、と千歳は戸惑った。

「あなたは？」

澪人は一歩前に出て訊《たず》ねる。

「あっ、ごめんなさい。京都の賀茂和人さんから教えてもらってきました」

「兄に？」

「それじゃあ、あなたが弟の澪人君。私は藤原千賀子《ちかこ》と申します」

あ……、と小春は口に手を当てた。

安倍家を訪れたという女性だ。

娘を亡くしていて、孫を捜しているという。

藤原保親の子孫――。

「和人君から、『今日か明日、日比谷神社に行けば、あなたのお孫さんに会えるかもしれない』とメールをいただきまして……」

千賀子はそう言って、千歳に顔を向けた。

「千歳君、よね？」

千歳は、突然のことについていけず、呆然《ぼうぜん》と立ち尽くしている。

『さあ、お行きなさい。新たな未来の第一歩です』

優しく背中を叩《たた》いた若宮に、千歳は目に涙を浮かべながら頷いた。

「ありがとう……ございます。ありがとうございました」

千歳は、こちらに向かって深く頭を下げて、祖母の許《もと》へと駆けて行った。

四

その後、千歳は、千賀子と共に日比谷神社の境内を出て行き、澪人は、東の陰陽師《おんみょうじ》たちに報告をする、後で戻ってくるから、と言って、この場を離れた。

小春には、なぜ澪人がこの場を離れたのか、その理由は分かっていた。

若宮とゆっくり話す時間を作ってくれたのだろう。

日比谷神社は、今も嘘のようにひと気がない。

『長い間、地中深くに封じられ続けていた禍津日神が、ようやく天に還《かえ》ることができて、本当に良かったです』

若宮は天を仰ぎながら、しみじみと洩《も》らす。

そうか、と小春は、若宮を見上げた。

「一条戻橋に封じられたままにしておくのも良くなかったんだね」

『ええ、いつ、何かの拍子に、その封印が解かれるか、危うい状態でしたから』

そうだったんだ、と小春は相槌《あいづち》をうつ。

今回のことも、すべて森羅万象の意思だったのかもしれない。

千歳も川瀬も、そして自分も盤上の駒でしかない気がして、小春は苦笑した。

だが、その盤が運命だとしたら、駒は自らの選択で、どんな者にもなれるということなのかもしれない。また、自分次第で盤をひっくり返し、新たな素晴らしい盤に移れるのだ。まるで階段を上がるように、次のステージへと移っていくのだろう。

『あなたには、つらい想いをさせてしまいましたね』

少し申し訳なさそうに言った若宮に、小春はそっと首を振る。

「途中で若宮くんのことが分からなくなって、苦しかったことがあったけど、つらい想いはしてないよ……」

それより、と小春は、若宮を見上げた。

「教えてもらいたいの。前世のこと——」

どうして、あの夜、彼は嘘をついたのか。

あの豪雨には、どういう意味があったのか。

若宮は、遠くを見るような目で、空を仰いだ。

『わたしも、今回の禍津日神のようなものだったんですよ』

小春は、えっ、と目を見開いた。

『私は、破壊と再生を促す黒龍です。太古の昔、この力を恐れた者たちに長い間、封印されていたんです。私の封印を解いてくれたのが、晴明殿でした』

そうだったんだ、と小春は息を呑《の》む。

晴明に恩があると言ったのは、そういうことだったんだ。

『晴明殿は、わたしから神託を受け取りたく思っていたようですが、その頃のわたしは、人が好きではなかったので、解放してくれたというのに、そのまま雲隠れをしたんです』

いくら封印を解いてもらったとしても、その前に人に封じられているのだ。

若宮が人を避けたのが、分かる気がした。

『そこで、晴明殿は、どうするべきか占い、三人目の斎王を立てることを決めました。卜定《ぼくじょう》により選ばれたのが、あなたというわけです。わたしは晴明殿の思惑通り、あなたから発せられる懐かしい友の香りに誘われて、のこのこ出てきたわけです』

話を聞きながら、小春は、あらためて晴明に対して恐ろしさを感じた。

「安倍晴明という人は、本当にすごいね」

『ええ、人の子とは思えぬ恐ろしさですね』

ふふふ、と若宮は、扇で口許を隠して笑う。

その姿を見て、ふと、感じた。

若宮は、あえて晴明の思惑に、乗せられてやったのではないだろうか？

『わたしは、元々、何もしていないのに、いきなり人に封じられたので、人との関わりがほとんどありませんでした。本当に、あなたが初めてで、わたしはあなたが孫のように、娘のように愛しく、慈しんでいました』

そう話す若宮に、小春は黙って相槌をうつ。

『あなたがわたしを慕ってくれているのは、知っていました。あなたもわたしを父のように兄のように慕ってくれていたんです。……ですが、あの夜は違っていました』

その言葉に、微《かす》かに胸が痛む。

あの夜というのは、若宮――驪龍が、玉椿の許に訪れた最後の夜のことだ。

『あの時のあなた――玉椿が、わたしに向ける感情は、それまでとは違っていたんです』

「………」

覚えがあった。あの頃の自分は、出会った頃から驪龍に恋をしていた。いや、恋をしていると思っていた。

それはとても幼いもので、父や兄が側にいなかった玉椿にとって、驪龍をそれに近しい感情で慕っていたのだ。

だが心と体が大人になりつつある頃だった。

何か月も驪龍が訪れなかったことで、子どものように無邪気に彼を慕っていた感情から、大人の女として、驪龍を想うようになっていた。

今宵、あの方は現われるだろうか、と毎夜、祈るように彼を待ち、やがて恋焦がれるようになっていたのだ。

『あの夜、あなたは、わたしを異性として乞《こ》うていました』

ずばり言われて、小春の頬が熱くなる。

『その時、わたしはとてつもなく動揺しました。祖父や父が、孫や娘に異性として見られていると知った動揺と似ているかもしれません』

人のことをよく分からない割に、その譬《たと》えはとても的を射ていて、小春は何も言えずに俯《うつむ》いた。

『あなたは人の子で、あなたが本当に結ばれるべき男性は他にいました。自分があなたの人生の邪魔になっていると感じました。だからあの夜、もう、二度と会わない方が良い、と思ったんです』

話を聞き、納得しながらも、腑《ふ》に落ちない部分があって小春は小首を傾げた。

「でも、どうして、嘘を……？」

『嫌われようと、思いました』

えっ、と小春は目を瞬かせた。

若宮は、すみません、と言って目を伏せる。

『とはいえ、まさか、あんな大雨になるとは思っていませんでした。先ほど、わたしの体の本当の大きさを見たでしょう？　わたしは時として、力のコントロールが上手《うま》くできない。ですから、わたしのように体の大きな神は、なかなか地上に降りて来ないものなんです。少し力を使うだけで、影響が出過ぎてしまいますから』

そうだったんだ、と小春は相槌をうつ。

玉椿に嘘をつき、豪雨を降らせた驪龍は、その罪で永い眠りを科せられる。

そうして、現代。

玉椿の生まれ変わりである小春が京都にやってきたことで、彼は目を醒《さ》ましたのだ。

『小春さん、あなたは今の世においても、やはり斎王でしたね』

しみじみと言った若宮に、小春は首を振った。

「ううん、今回のは前世の玉椿が出てきてくれて助けてくれただけ。今の私は、櫻井小春。『お祖母《ばあ》ちゃんみたいな拝み屋さんになりたい』って思ってる、今は何者でもない高校生だよ」

そう言うと、若宮は、どこか嬉《うれ》しそうに目を細める。

『今は何者でもない、そして選択次第で、何者にでもなれる――ですね』

うん、と小春は微笑んだ。

「そうだ。あと、もう一つ、分かったことがあるの」

小春がそう言って人差し指を立てると、若宮は『なんでしょう？』と見下ろす。

「若宮くんが、いつまでも私の前で子どもの姿でいたのは、また、私に恋をされたら大変だと思ったからでしょう？」

いたずらっぽく笑う小春に、若宮は扇で口許《くちもと》を隠した。

それについては特に何も言わない彼に、小春は「やっぱり」と肩をすくめる。

「今、大人の姿になってるのは、もう心配していないんだね？」

『そうですね。今のあなたには、澪人さんがいます』

小春は、ふふっ、と笑う。

「もう、安心して大人の姿でいられるね」

『ですが、これからも、時々子どもの姿にもなりますよ。気に入っているんです』

そうなんだ、と小春は頬を緩ませた。

『ああ、澪人さんが戻って来ましたね』

若宮の言葉に、小春は振り返る。

澪人が、優しい笑みを浮かべていた。

彼の足許には、コウメとコマの姿もあった。

「澪人さんに、コウメちゃん、コマちゃんっ！」

小春は、二柱の許に駆け寄って、ぎゅっと抱き締める。

「本当にありがとう」

コウメは三本の尾をぶんぶんと振り、コマは、みゃあ、と嬉しそうに目を細めた。

「コウメちゃん、千歳君は、あなたのご主人様の生まれ変わりだったんだね」

そう言った小春に、コウメは、こくり、と頷《うなず》いた。

「千歳君と一緒にいなくていいの？」

かつてのコウメは、安倍晴明の側にいて、仕えることが生きがいだったのだ。

今もそれは変わらないだろう。

コウメとは、ここでお別れかも知れない。

小春は寂しさを感じながら、コウメのふかふかの頬に触れる。

すると、コウメは、ふるふる、と首を振った。

「えっ、千歳君のところには行かないの？」

うん、とコウメは頷く。

「どうして？」

コウメは、自らの胸に手を当てた。

その瞳《ひとみ》は、とても誇らし気だった。

「そうか、コウメはもう、管狐《くだぎつね》じゃないものね。狐神様だものね」

うん、とコウメは大きく頷く。

「小春ちゃん、ほな行こか」

手を伸ばした澪人に、小春は、はい、と、その手を取って立ち上がる。

振り返ると、すでに若宮の姿はなくなっていた。

「……本当に、相変わらず」

小春は小さく笑って、澪人と共に日比谷神社の境内を出た。

エピローグ

浅草では、小さなお祭りが開かれていた。

日比谷神社の帰り道。小春と澪人は、『風林堂』に戻る道すがら、縁日を見て歩く。

それは、浅草神社や浅草寺《せんそうじ》が開く大規模なものではなく、町内会が開催する地元の子どもたちのための小規模なお祭りのようだ。

「なんや、地蔵盆て感じやな」

澪人は、祭りの様子を眺めながら微笑ましそうに洩《も》らす。

地蔵盆は、京都では八月二十四日頃に開かれるお祭りだ。

主に町内で祀《まつ》っているお地蔵様を囲んで、子どもたちを楽しませるというもの。

東京で生まれ育った小春は、地蔵盆に詳しいわけではないが、夏休みに祖母の家に遊びに行った時に参加したことがある。

本当ですね、と小春は微笑んだ。

小春と澪人の少し前を、コウメとコマが愉《たの》しそうに駆けている。

穢《けが》れに当てられて動けなくなっていたとは思えない、すっかり、元気な様子だ。

やがて二柱は、浅草神社の方へと消えていった。

小春と澪人は顔を見合わせ、後を追って浅草神社へと向かう。

浅草神社の周りは町内のお祭りから流れてきているのか、浴衣《ゆかた》を着た若い男女の姿が多く見受けられ、賑《にぎ》やかな様子だ。

二人は、今日のお礼をしよう、と境内に入り、本殿の前に立って柏手《かしわで》をうった。

お礼を伝えて振り返ると、コウメとコマが追いかけっこしている姿が見える。

「コウメちゃん、コマちゃんっ！」

小春は微笑みながら、コウメとコマの許に駆け寄った。

――その後、二人は縁日を見て回るのもそこそこに、『風林堂』に戻った。

宗次朗の様子が気になっていたためだ。

本人からは、『たいしたことなかった』と連絡が来ていたのだが――。

「こんばんは」

宗次朗は、『風林堂』の裏にある縁側にいるということで、小春と澪人は、庭から回って顔を出した。

「おう」

宗次朗は縁側に腰を下ろしていて、車の雑誌を眺めている。

伸ばしている左の足首には、テーピングが巻かれていた。

「宗次朗さん、大丈夫？」

小春は血相を変えて、宗次朗の許に駆け寄った。

「別に大したことねーよ。それより、お前の方が酷《ひど》そうだな」

と、宗次朗は、小春の姿を見る。

擦り傷だらけだった小春は、近くの病院で消毒してもらったため、腕や足にガーゼが貼られた痛々しい姿になっていた。

「ああ、これ。消毒してもらっただけ。ぜんぶ傷は浅くて、すぐ治るって言われてるの」

それならいいけど、と宗次朗はホッとしたように息をつく。

「宗次朗さんの方は、ほんまに大丈夫でしたか？　そのテーピングは？」

そう問うた澪人に、宗次朗は、これな、と足に視線を落とした。

「俺は救急車で運ばれて、あれこれ検査を受けて、結果、足首の捻挫《ねんざ》だけだってよ。なんだか、大袈裟《おおげさ》だよな」

やれやれ、と肩をすくめる宗次朗に、小春もホッとして、縁側に腰を下ろした。

「でも、捻挫ですんで良かった」

「ほんまや」

と、澪人も腰を下ろす。

「そうだぞ。職人が手を怪我するより良かったじゃないか」

縁側に来るなり窘《たしな》めるように言った師匠に、宗次朗は自分の手を見ながら、「まぁ、そうですね」と頷く。

「澪人君、小春さん」

続いて谷口が、お盆を手に現われた。

「谷口さん」

「お疲れ様。冷たいお菓子とお茶を良かったら……と言っても、これを作ったのは、宗次朗君だけどね」

谷口はそう話しながら、お盆を床に置く。

ガラスの器には、まるで真ん丸のゆで卵を半分に切ったような涼菓が置いてあった。

外側が白く、中央が鮮やかなオレンジ色だ。

見ると、それは綺麗《きれい》なみかんの断面だった。

白にみかんのオレンジ色が、とても鮮やかに映えている。

「え、これ……一瞬、ボールみたいなゆで卵かと思った」

「これは、みかんの外側に白いプリンをつけて、半分に割ったんやろか？」

戸惑う小春と澪人に、宗次朗は、ちょっと違うな、と腕を組む。

「それは、『みかんまるごと牛乳寒天』だよ」

「牛乳寒天なんだ！」

「なんや、懐かしい響きや」

そう言う二人に、宗次朗は、だろ、と笑う。

「薄皮を剥《む》いたみかんの一房一房を、再び一つにまとめてから作ったんだよ。見た目も、満月みたいで、なかなかいいだろう？　ま、食ってみろよ」

小春は、いただきます、とスプーンを手に『みかんまるごと牛乳寒天』をすくい、口に運んだ。

「――っ」

程よい固さの牛乳寒天は、ほんのり練乳の味わいがあり、甘酸っぱいみかんの味や食感と絶妙に絡み合い、引き立て合っていた。

夏の暑さ、駆け回って疲れている心身に染み入る。

「すごく、美味《おい》しい」

「ほんまや。牛乳寒天て、こないに美味しい印象なかったんやけど」

「そりゃあ、俺が作ったもんだからな」

自信たっぷりに言う宗次朗に、相変わらずだ、と小春は笑う。

だが、否定できない。

やはり宗次朗の作る和菓子は、とても美味しい。

この牛乳寒天は、祖母も好きそうだ。

食べさせてあげたいな、と小春は、心から思う。

「宗次朗君は、缶ビールでも」

谷口が、とん、と宗次朗の傍らに冷えた缶ビールを置くと、宗次朗は途端に嬉《うれ》しそうに目尻《めじり》を下げた。

「すみません。いただきます」

「澪人君はどうだい？」

「いえ、僕はこのお茶で」

と、澪人は湯呑《ゆのみ》をかざして見せる。

「父さんは……？」

最後に谷口は、師匠に向かってぎこちなく訊《たず》ねた。

師匠は、ああ、と素っ気なく言って、気恥ずかしそうに手を伸ばす。

谷口は師匠に缶ビールを手渡して、すぐに澪人の方を向いた。

「それにしても、大仕事だったね。禍津日神をあれほどすみやかに天に還《かえ》したのは、見事としか言いようがない」

「これはほんまにみんなのお陰です」

「京都にいる君たちの仲間や、西の本部長も大きな力になってくれたのは、浅草にいても分かったよ。さすが本部長だ。あと、あの時、君たちが降臨させた黒龍のエネルギーが凄《すさ》まじくて、鳥肌が立ちっぱなしだった」

と、谷口はその時を思い出したようで、腕を摩《さす》る。

そして、ところで、と真摯《しんし》な目を見せた。

「川瀬は、どんな様子なんだ？」

「一時、錯乱状態やったけど、今は落ち着いていて、ひたすら塞《ふさ》ぎ込んでいるて」

「結果的に落ち着いたとはいえ、あれだけのことをしたんだ。彼はかなりの因果を背負ってしまっただろうな。それで東の本部は今、どんな状況なんだ？」

澪人は息を吐き出した。

「……かなりの混乱状態やね。川瀬さんのやったことは乱暴やったけど、組織の一部が腐っているのはたしかで、今回のことでそれが公になったんや。テコ入れが必要やって流れになってます」

「君はいつまで東京に？」

「もうすぐ京都に帰らなあきまへん」

そうか、と谷口は、東の本部の行く末を憂いているようで、心配そうに目を伏せる。

「谷口さん、これは、僕からのお願いなんやけど、東の本部に所属して、組織を立て直す手伝いをしてくれへんやろか」

澪人は、まっすぐに谷口を見詰めて言う。

えっ、と谷口は、顔を上げた。

「お願いいたします」

深く頭を下げる澪人に、谷口は目を泳がせた。

「あ、いや、でも、俺は……」

すると宗次朗が、「良かったぁ」と声を上げた。

谷口は戸惑ったように、宗次朗の方に向く。

「うちの母親も高齢だし、実家も気になっていたんですよ。谷口さんが、師匠の側にいてくれたら安心ですね」

いてくれたらってなんだ、と師匠は目を逸《そ》らし、くしゃくしゃと頭を掻《か》いた。

「……まあ、この家はお前の家なんだから、いつでも好きに戻ってきたらいいと思っている」

と、洩らした師匠に、谷口は言葉を詰まらせて俯《うつむ》いた。

ややあって、ぽつり、と口を開く。

「父もそう言ってくれているし、許されるのだったら……ぜひ」

ありがとう、と頭を下げた谷口に、澪人は、よろしくお願いします、と微笑みながら頭を下げ返す。

小春と宗次朗は顔を見合わせて、頬を緩ませた。

「そうや、宗次朗さん。その足でバイクに乗って京都まで帰るのはしんどいやろ。どないするん？」

「そうなんだよな。だから、とりあえず、足が治ってから帰ろうと思ってる」

「もし良かったら、僕がバイクに乗って帰りましょか？　宗次朗さんは、小春ちゃんと新幹線で帰ってもよろしいて思うし」

ええ？　と宗次朗は露骨に嫌そうに顔をしかめる。

「なんですか、その顔は。割と親切で言うたんやけど」

「いや、お前、バイクで東京・京都間を走るのは、なかなか大変だぞ？」

「いえ、僕はスクーターで東京・京都間を往復したことがありますし」

「スクーターで東京と京都を往復って、それもすごいな」

宗次朗はそう洩《も》らした後、首を振った。

「いやいや、やっぱりいい。俺は足が治ってから、帰るよ」

「ま、そう言うなら、それでええんやけど。僕も新幹線で帰る方が、ずっと楽やし」

だよな、と宗次朗は笑う。

澪人はその笑顔を見て、「あ、そうなんや」と手をうった。

「なんだよ？」

「宗次朗さんは、姉さんがフランスから帰って来るまで、ここにいたいんやね」

その言葉に小春は、口許を綻《ほころ》ばせた。

「そっか、そういうことなんだ」

少し冷やかすような視線を向ける小春と澪人に、

「ま、そういうことだな」

と、宗次朗は悪びれもせずに頷《うなず》く。

あまりにもあっさり認められて、逆にこちらの方が気恥ずかしくなる。

「全治、二週間って話だから、お前らが帰ってしばらくしてから戻るよ。とりあえず、その間、小春とばーさんを頼むな」

そう言って真顔を見せた宗次朗に、澪人は「はい」と頷き、何かを思い出したように小さく笑った。

「何笑ってるんだよ？」

「いいえ、ついさっき、似たようなことを言われたばかりなんや」

「似たようなこと？」

宗次朗は、なんのことだ？　と小春に問う。

小春もよく分からず、さあ、と首を傾げた。

「ついさっきって、ここに来るまでのことか？」

「ええ、まぁ」

澪人はそう言って、ふふっ、と口角を上げた。

＊　＊　＊

——これは、先程の話だ。

浅草神社の本殿の前に立ち、今日のお礼を伝えて振り返ると、コウメとコマが無邪気に走り回っていた。

「コウメちゃん、コマちゃんっ！」

小春は二柱に向かって駆け出し、愉しげな様子を見せている。

澪人がその姿を微笑ましく眺めていると、ふと気配を感じた。

横を見ると、若宮の姿があった。

いつものように水干に烏帽子《えぼし》をかぶった、凛々《りり》しく美しい青年の姿であり、澪人は驚いて息を呑《の》む。

「——若宮様」

若宮は、澪人を見て、にこりと目を細めた。

よほど気配を消しているのか、小春は気付いていない。

「僕にお話が？」

『あなたの方が、わたしに話があるのでは、と思いました。日比谷神社の境内の外で、わたしと小春さんの話を聞いていましたよね？』

澪人は、人聞きが悪い、と不本意そうに肩をすくめる。

「聞こえてきただけや」

『それは失礼しました。わたしたちの話を聞いて、何か思うことがあったのでしょう？』

「そうやね……」

と、澪人は、小春に目を向ける。

彼女は、コウメとコマと共に浅草神社の狛犬《こまいぬ》に挨拶《あいさつ》をしていた。

「あなたが、また嘘をついたはる、て思うてました」

『それはまた……、それこそ人聞きが悪い』

若宮は扇で口許《くちもと》を隠しながら、愉しげに言う。

「嘘を、ついたはりませんでしたか？」

『……嘘はついていません。わたしは本当に彼女を孫のように娘のように愛しく、慈しんできました。ですので、彼女から異性として想われていると知って、動揺したのも本当のこと』

「そやけど、すべては伝えなかった……」

『……よく分かっているんですね』

若宮は、感心したように、少し嬉《うれ》しそうに言う。

「なんでやろ。手に取るように感じるんや。あなたは、彼女の想いを受けて、激しく心を揺らしたんとちゃいますか」

若宮は、小春の方を向き、遠くを見るように目を細めた。

『……そうですね。わたしは、激しく動揺し、その後に思ってしまったんです』

――このまま、彼女を連れ去りたい、と。

若宮は、その言葉を口にはしなかったが、澪人にはしっかりと伝わってきた。

『わたしは、そんな風に思ってしまった自分にも驚きました。あの失態はすべて、わたしの動揺の表われです』

若宮は、とても静かに告げる。

あの激しい豪雨。

若宮は、自分の力のコントロールが効かなかったように話していたが、実際は心の乱れの表われだったようだ。

言ってしまえば、力ではなく、心をコントロールできなかったのだろう。

「僕はずっとそうやろうと思てました。あなたは、彼女を欲しいと思いながら、彼女を想い、振り払うように手放したんやて」

澪人は、独り言のように洩らす。

悟ったような澪人の様子に、若宮は面白くなさそうに一瞥《いちべつ》をくれた。

『何もかも分かったように言いますが、あなたは、まだ知らないことがありますよ。あなた自身に関することです』

「僕自身に？」

『あなたの中に、わたしがいるんです』

何を言っているか分からず、澪人は眉根《まゆね》を寄せた。

『罪を犯したわたしは、森羅万象の因果により、永い眠りにつくことになりました。その直前、あなたになら、彼女を託せると思ったわたしは、わたしの一部をあなたに渡したんですよ』

澪人は大きく目を見開いた。

「僕に？」

と、澪人は自分の胸に手を当てる。

『はい。ですが、わたしの渡したものは、あの時のあなたには大きすぎました。小さな器に、滝の水を注いだなら壊れてしまう。それと同じで、あなたは、私の力を受け取りきれずに、若くして亡くなってしまうという事態に陥ってしまったんです……。あの頃のわたしは、何をやっても裏目に出ていましたね。そのことも謝らなければなりません。申し訳なかったです』

若宮はそっと頭を下げる。

澪人は、言葉を失くしていた。

『そうして生まれ変わったあなたは、わたしの力を受け取る器を持っていました。あなたの人並外れた強い力は、わたしが渡したものです。そういうこともあって、わたしたちは、容姿もよく似ているのでしょうね』

若宮はそう言って、自分の顔を指差す。

澪人は、動揺に目を泳がせた。

「そ、そやけど、僕は賀茂家の祈禱《きとう》によって強い力を得たて」

『そうですね。それが呼び水となって、わたしの力を持つあなたが賀茂家の許に生まれ落ちることになったというわけです』

にっこりと笑う若宮に、澪人は固まっていた。

『これは、さすがのあなたも、驚いたでしょう？』

驚いたなんてもんやない、と澪人は洩《も》らし、

「そやけど、納得や」

と頭に手を当てた。

『納得、ですか？』

自分は、若宮の存在を小春以上に感知することができる。

今もそうだ。小春は気付いていないのに、自分はこんなに若宮の存在を感じているのだ。

それは、自分の中に彼のエネルギーが流れているからこそだろう。

そして、何より……。

「僕は、あなたのことがよう分かる」

『ええ、あなたとわたしは、どこかでつながっているんですよ』

若宮はそっと澪人の胸に手を当てた。

『澪人さん、彼女を頼みます』

真摯《しんし》な眼差しを見せる若宮に、澪人は強い眼差《まなざ》しを返す。

「はい」

『……まぁ、お願いするまでもないことなのですが、これは、あの時、ちゃんと伝え

たかった言葉なんです』

あの時、驪龍が、左近衛大将《さこんえのだいしょう》に伝えたかったこと。

彼女を頼む、と。

「ようやく伝えられたんやね」

――千年の歳月を経て。


『そういうことですね』

澪人と若宮は微笑み合って、握手を交わす。

「もしかして、もう会えへんのやろか？」

澪人が寂しげに問うと、若宮は頷《うなず》きかけて、動きを止めた。

どうしたのだろう、と見ると、若宮は不服そうに顔をしかめている。

「どないしました？」

『以前、小春さんに話したことがあります。すべては森羅万象――宇宙に動かされる駒のひとつ。それは神の一柱でも同じ。……わたしはおそらく、今の時代を見守り、様々な綻《ほころ》びを繕う役割があったのだろうと。過去のすべては、そのための布石だったと思っていました』

そう話す若宮に、澪人は黙って相槌《あいづち》をうつ。

彼の言う通り、若宮は――いや、若宮だけではない。

自分も小春も、今の時代を支える礎のひとつとなるために、あの前世を経て、この今世に生まれ変わってきたのかもしれない。

『今日は、それを象徴するような大きな出来事でした。この時を機に、わたしはあなた方に別れを告げ、天に戻ることも考えていたのです。今の今まで』

「今の今まで？」

『はい。ですが、あなたは今寂しそうな振りをしながら、わたしがいなくなることを察して喜びましたね？』

えっ、と澪人は、目を瞬かせる。

『それが伝わってきました。まぁ、少しは本当に寂しかったようですが、あなたは、やっぱり、わたしが疎ましいわけですね』

若宮は腕を組んで、ふん、と鼻を鳴らす。

「そ、そら、そやろ！」

『開き直りましたか？』

「そうや、あなたは言うなれば、彼女の元カレみたいなもんや！」

『元カレだなんて……。わたしと彼女は、そんな俗っぽいものではないです』

やれやれ、と若宮は肩をすくめる。

「そやから、みたいなもんや、て。そない俗っぽい関係やなんて、僕かて思ってへん」

『でも、これから、そういうのも楽しいかもしれませんね』

「えっ？」

『これまでは、わたしの存在が彼女の心を惑わし、彼女の人生を狂わせたら困ると思っていました。ですから、仕事が終わったら自分は消えてしまおうと思っていたんです。ですが、お二人の仲が揺るぎない以上、わたしが現われても、なんの問題もないわけですね？』

「はっ？」

澪人が目を丸くする。

「まさか、横恋慕するつもりやあらしまへんか。そんなんおかしいやろ」

澪人が前のめりになった時には、若宮の姿は消えてなくなっていた。

「澪人さん？」

澪人の大きな声を聞きつけて、小春が不思議そうに駆け寄ってきた。

「どうしたんですか？」

澪人は周囲を見回して、なんでもあらへん、と息をつく。

つい、ムキになってしまった。

あれは、若宮なりのエールだったのだろう。

心して小春を護《まも》れという――。

冷静になったところで、若宮の意図を感じ、澪人は込み上げる笑いを堪《こら》えた。

「澪人さん？」

「あ、かんにん」

今、境内にはひと気がない。

あんな風に脅しておきながら、若宮の気遣いだろうか？

「この前、ここで小春ちゃんとキスをしたことを思い出してしもて」

「っ！」

そう言うと、小春は目を丸くして、直立不動になった。

「もう一度、ええ？」

こちらの問いに、小春は真っ赤になりながらも、ぎこちなく頷く。

「おおきに」

小春の頬を両手で包んで、顔を近付ける。

唇が、柔らかく触れ合う。

その瞬間、つむじ風が起こった。

幸福感に胸がギュッとつまる。

同時に、かつて、彼女と想い合いながらも、手放さなければならなかった若宮の気持ちを思うと、同情を禁じ得ない。

小春を胸に抱き寄せて、若宮の分まで、彼女を護りたい、と澪人は強く思った。

「澪人さん、本当に、どうかしました？」

なんでもあらへん、と澪人は、小春の頭を撫《な》でる。

「……ほな、宗次朗さんとこ行こか」

――そうして、『風林堂』に向かったのだ。

＊　＊　＊

ブブブ、と小春のバッグの中で、スマホが震動した。

その音に、澪人は我に返ったように顔を上げる。

小春は、バッグからスマホを取り出して確認し、

「あっ、愛衣からメッセージだ」

と、明るい声を上げた。

「今、みんなで宴会してるそうです。話したいって言ってます。澪人さん、タブレッ

トありますか？」

小春がそう訊《たず》ねると、澪人ではなく谷口が、「澪人君のタブレットはここに」と大事そうに持ってきた。

澪人は、「おおきに」と受け取り、テーブルの上に置く。

アプリを起動させると、真っ先に『コハちゃーん、賀茂くーん』と朔也が画面いっぱいに現われる。

「朔也君！」

『今は、祇園の櫻井家二階に集まってます』

と、朔也はレポーターのように言って、櫻井家二階の様子を映した。

並んでいる和室の襖《ふすま》を取っ払って、大広間にしている。

テーブルには、皆で作ったと思われるご馳走《ちそう》が並んでいた。

『まず、俺と安倍の当主と、綾戸國中神社に行った、愛衣ちゃん』

朔也の言葉と同時に、愛衣の顔がアップで映った。

『ちょっ、アップすぎじゃない？　小春、澪人さん、お疲れ様』

「愛衣もお疲れ様」

『私はくっついていただけ。すごいエネルギーの柱が立ったらしくて、朔也君が、「さすが安倍家当主」って恐れおののいてたけど、私は何も見えなかったもの。ただね、ちょっと手がビリビリしたの。私でも、少しは分かるんだ、って嬉《うれ》しかった』

と、愛衣は目を輝かせる。

その時の情景が思い浮かぶようで、小春は、うんうん、と頷く。

『で、次は奈良の高鴨神社に行った、由里子センパイと和人さん』

今度は、由里子と和人の姿が、映された。

二人はなんと、当たり前のように並んで座っている。

「すっかりカップルやね」

その様子を見て、しみじみと告げた澪人に、由里子は『た、たまたまよ』と真っ赤になって手を振り、『僕が図々《ずうずう》しく隣に座ってるだけなんだ』と和人が笑う。

『図々しくなんて、そんな』

『え、そんなこと言われたら、期待しちゃうんだけど』

『……和人さんは、そういうところがずるいと思います』

『ずるいのは由里子さんだよ』

いきなり二人の世界に入ったところで、

『はい、ここは放っておいて、超功労者の吉乃さんです。二人の報告によると、吉乃さんの祈禱《きとう》で、ものすごいエネルギーの柱が立ったって話だよ。安倍家の当主然《しか》り、さすがだよね』

と、吉乃を映した。

『あ、これで、私の姿が向こうに見えるんやね。なんや、今さらやけど、不思議やな』

吉乃は朔也とそんなやりとりをした後、

『小春、澪人ちゃん、ほんで宗次朗、お疲れ様やね』

と、少し気恥ずかしそうに手を振った。

「お祖母《ばあ》ちゃん」

吉乃としっかり顔を合わせて話すのは久しぶりで、目頭が熱くなる。

『小春、久々に自分の家で、お父さんとお母さんとの生活はどうや？』

「とても良い時間を過ごせていると思ってる。私は逃げ出すように実家を出たのが気になっていたから、今回、少しだけど親孝行できて良かったなって。でも、今の私の家は祇園だから、早く戻りたい。もう少ししたら帰るから」

小春がそう言うと、吉乃は言葉を詰まらせて、うん、と頷《うなず》いた。

すると横から宗次朗が割り込んできて、口を開く。

「俺も、二週間後くらいに帰るから。首を長くして待ってろよ」

『帰るって、お師匠さんは？』

吉乃は、戸惑ったように瞳《ひとみ》を揺らせた。

「立派な息子さんが戻って来ることになったんだ」

宗次朗が帰ってくると知って、吉乃は心から嬉しかったのだろう、『そうなんや』と目を潤ませながらも、すぐに、ぷいっ、と横を向く。

『首を長くてなんやねん。首を洗って待ってるわ』

「いや、それ、明らかに使い方間違ってるだろ」

そう言った宗次朗に、皆はドッと笑った。

『まぁ、首が長くても洗ってもええんやけど、小春と澪人ちゃん、ほんで宗次朗も帰りを待ってるし。気を付けて帰って来るんやで』

優しい眼差《まなざ》しで告げた吉乃に、小春と澪人は、はい、と頷き、宗次朗は、おう、と片手を上げる。

『それじゃあ、俺らチーム０ＧＭも、東京出張組の帰りを待ってるから』

『帰ってきたら、打ち上げしようね』

『気を付けて帰って来てね』

『早く会いたいよ、澪人。あ、小春さんもね』

朔也、愛衣、由里子、和人の言葉を受けて、小春と澪人は、うん、と頷き、

『それじゃあ、また』

と、通信を切った。

「賑やかで、まるで、お祭りやね」

くすりと笑った澪人に、宗次朗は、そうだ、と思い出したように顔を上げた。

「お祭りといえば、お前ら、祭りは行ったのか？」

小春は、ううん、と首を振る。

「ここに来る途中、チラッと見ただけ。宗次朗さんが心配で」

「なんだよ、気にせず、見に行って来いよ。せっかくなんだから」

そう言った宗次朗に、師匠も、うんうん、と頷く。

「その間に、夕食の準備をしているから、行ってくるといい」

小春と澪人は、そうしようか、と顔を見合わせる。

谷口が、そうそう、と確認するように振り返った。

「小春さんと澪人君は、今日、ここに泊まるんですよね？」

あ、はい、と小春と澪人は頷く。

「二人の部屋は一緒でいいのかな？」

そう問うた谷口に、小春と澪人は動きを止め、宗次朗は目を剝《む》いた。

「な、何言ってるんですか、谷口さん。駄目に決まってますよ、そんなこと！　小春と澪人が同室なんて百万年早い！　澪人は俺と同じ部屋で！」

「ひゃ、百万年って」

小春が顔を引きつらせると、宗次朗が「はあ？」と勢いよく顔を向けた。

「もしかして、そんなに長くない、せいぜい二、三年だって思ってるのか？」

「そ、そんなことっ！」

仰天する小春の横で、澪人が弱ったように口に手を当てている。

「なんだよ、澪人。言いたいことでもあるのか？」

「いえ、言いたいことなんてそんな。ただ、僕は……」

澪人は弱ったように手を振り、その後に目を伏せた。

「ただ、なんだよ？」

「いつか、小春ちゃんと結婚できたら……、て思うてて」

目を伏せて頬を赤らめながら、ぽつり、とつぶやいた澪人に、そこにいた全員が赤面し、思わずその場に倒れ込みそうになった。

「なんだ、この可愛い生き物は」

「くそ、悔しいけど、俺までキュンとしてしまった」

と、谷口と宗次朗が拳《こぶし》を握り、師匠は居心地が悪そうに頭を掻《か》いている。

「…………」

当の小春は、何も言えずに俯《うつむ》いていた。

「なんだよ澪人、それはもしかしてプロポーズなのか？」

「ただの願望やさかい」

今も続けられるやり取りに、小春の頬が熱くて仕方がない。

恥ずかしかったが、嬉しさに胸も熱かった。

もちろん、先の話だ。

いつかまた、彼と夫婦になれたら――。

また、と思ったことに小春の頬が緩む。

その時、庭に、ぽんっ、と何かが現われた。

その強い気配に、小春も皆も驚き、弾《はじ》かれたように顔を上げる。

そこには、水干を纏《まと》った幼い少年の姿があった。

「若宮くん！」

『小春さん、お祭りに行くなら、僕も一緒に行きたいです』

若宮は少年らしい無邪気な笑顔で、小春の許《もと》に駆け寄り、手を握った。

久々に、子どもの姿で触れてくる若宮に、愛しさが募り、小春は目尻《めじり》を下げる。

「うん、行こう。一緒に見てまわろうね」

と、若宮の頭を撫《な》でる。

わぁい、と喜ぶ若宮を見ながら、

「え、あれ、あの時の黒龍様……だよな？」

谷口は蒼白《そうはく》になり、その横で宗次朗は「今はチビ龍《りゅう》です」と笑っている。

だが、師匠には見えていないようだ。

それでも、また何かが現われたのだろう、と気にしている様子もない。

澪人は「そう来たんや」と静かに洩《も》らした後、「ま、ええわ」と少し愉《たの》しげに目を細めている。

『そうだ、小春さん。ここに来る前、僕は千歳君のところにも顔を出したんです。千歳君も、浅草にいたんですよ。もしかしたら、お祖母《ばあ》さんとお祭りに来るかもしれませんね』

そう言った若宮に、「あ、そうか」と小春は思い出した。

「千賀子さんは、元々浅草の人だから……」

その名を耳にした師匠は、驚いたように目を見開いた。

「え、千賀子さんというと、藤原の、わたしの幼馴染《おさななじ》みの？」

そう、藤原千賀子は、師匠の幼馴染みだったのだ。

あらためて、不思議な縁だと、小春は、しみじみ思う。

「はい。藤原千賀子さんです。お孫さんが見付かったんです。今は浅草にいるようで、もしかしたら、お祭りに来るかもしれません」

そうか、と師匠は嬉《うれ》しそうに目を細める。

すると谷口が「小春さん」と呼びかけた。

「藤原千賀子さんは、父にとって姉のような存在なんです。もし、会うことができたら、『良かったら、うちに来てください』と伝えてもらえませんか？」

その言葉に、師匠は驚いたように谷口を見た。

彼は、父親と千賀子の仲を疑い、それがきっかけで絶縁したのだ。

谷口は何も言わずに、小さく頷《うなず》く。

すべての誤解、わだかまりが解けたのだろう。

師匠は目に涙を浮かべて、ありがとう、と小声でつぶやいた。

「はい、必ず伝えます」

小春は笑顔で頷いた。

きっと、千歳と千賀子は、お祭りに来るだろう。

谷口の言葉を伝えたら、彼女も嬉しそうに微笑んで、ここに来るに違いない。

師匠も谷口も、千賀子と千歳を温かく迎え入れるだろう。

「ほんなら、お祭りに行こか」

澪人は、小春に手を差し伸べた。

小春は、はい、と澪人の手を取り、そのまま若宮の小さな手をつなぐ。

『風林堂』を出て、浅草の街を歩いていると、祭囃子《まつりばやし》が聞こえてきた。

『小春さん、明日、満月を迎える頃、僕は雨を降らせようと思ってます』

ぽつりとつぶやいた若宮に、小春は「えっ？」と顔を向ける。

「浄化の雨やね」と澪人。

若宮は、ええ、と頷いた。

『この地にまだ残っているだろう、穢れを流してしまえたらと……』

それはこの地のためであり、彼自身の因果の浄化につながるのかもしれない。かつて彼は豪雨を降らせて、多くの人の運命を変えてしまったのだ。

きっと若宮は、とても優しい雨を降らせるのだろう。

満月に降る雨を想い、小春は微笑んで、空を見上げる。

今宵の東京の夜空は、晴れているが見えている星は少ない。

その分、月が、とても大きく感じる。

月は、戦いを終えたこの地をいたわるように優しい光を降り注がせていた。

あとがき

ご愛読ありがとうございます、望月麻衣です。

ついに十二巻目となった、拝み屋さんシリーズ。

いよいよ、東京出張編が完結し、書き終えられた今、私はホッと胸を撫で下ろしています。

東京出張編、楽しく書けました。

取材のために東京の神社を回り、素敵なところがたくさんあるんだ、と再確認できました。また、本作を読んで『東京の神社めぐりをした』という報告をいただくこともあって、とても嬉しかったです。

それにしても、長い夏休みになりましたね。ずっと夏が続いていたので、そろそろ季節を移りたかったです(笑)。

今巻の展開は、最初から頭にあったものの、あちこちで進む事柄をどうやって組み立てて、表現していくかに悩み、いつもより筆が遅くなってしまいました。

最終的には、「あれこれ考えてないで書くしかない」と勢いで突き進むことにしまして、書き上げた今は、『もしかして、自分はこの十二巻を書くために、拝み屋さんシリーズを書いてきたのでは？』などと、思っていたりする次第です。

そのくらい、没頭して書けました。書き上げた今は、すべてを注ぎ込めたような、心地よい脱力感をおぼえています。

ですので、この十二巻まで読んでいただけたことが本当に嬉しいです。

心より感謝申し上げます。

――と、まるでシリーズの完結のように言っていますが、まだ完結ではありません。

小春や澪人にはちゃんと京都に帰ってもらいたいので、もう少し続きます。

もし良かったら、お付き合いいただけると嬉しいです。

あらためてこの場をお借りして、お礼を伝えさせてください。

私と本作品を取り巻くすべてのご縁に、心より感謝とお礼を申し上げます。

本当に、ありがとうございました。

望月麻衣

参考文献

『神道大祓―龍神祝詞入り―』（中村風祥堂）
『神道と日本人 魂とこころの源を探して』山村明義（新潮社 二〇一一年）
『本当はすごい神道』山村明義（宝島社新書 二〇一三年）
『京の風水めぐり 新撰 京の魅力』目崎茂和／文 加藤醸嗣／写真（淡交社 二〇〇二年）
『本当は怖い京都の話』倉松知さと（彩図社 二〇一五年）
『平安京は正三角形でできていた！ 京都の風水地理学』円満字洋介（じっぴコンパクト新書 二〇一七年）
『古地図で歩く 古都・京都』天野太郎／監修（三栄書房 二〇一六年）
『別冊宝島２４６３ 京都魔界図絵 歴史の闇に封じられた「魔界」の秘密を探る』小松和彦／監修（宝島社 二〇一六年）
『運命を導く東京星図』松村潔（ダイヤモンド社 二〇〇三年）
『増補改訂版 最新占星術入門（エルブックスシリーズ）』松村潔（学習研究社 二〇〇三年）
『いちばんやさしい西洋占星術入門』ルネ・ヴァン・ダール研究所（ナツメ社 二〇一八年）
『図説 日本呪術全書』豊島泰国（原書房 一九九八年）
『増補 陰陽道の神々（佛教大学鷹陵文化叢書）』斎藤英喜（佛教大学生涯学習機構 二〇一二年）

本書は書き下ろしです。

わが家《やまち》は祇園《おが》の拝み屋《や》さん12

つなぐ縁《えん》と満月《まんげつ》に降《ふ》る雨《あめ》

望月麻衣《もちづきまい》

令和2年 3月25日 初版発行
令和6年 10月30日 10版発行

発行者●山下直久

発行●株式会社KADOKAWA
〒102-8177 東京都千代田区富士見2-13-3
電話 0570-002-301（ナビダイヤル）

角川文庫 22090

印刷所●株式会社KADOKAWA
製本所●株式会社KADOKAWA

表紙画●和田三造

●お問い合わせ
https://www.kadokawa.co.jp/（「お問い合わせ」へお進みください）
※内容によっては、お答えできない場合があります。
※サポートは日本国内のみとさせていただきます。
※Japanese text only

ISBN 978-4-04-108291-1 C0193

◆◇◇

角川文庫発刊に際して

角川源義

第二次世界大戦の敗北は、軍事力の敗北であった以上に、私たちの若い文化力の敗退であった。私たちの文化が戦争に対して如何に無力であり、単なるあだ花に過ぎなかったかを、私たちは身を以て体験し痛感した。西洋近代文化の摂取にとって、明治以後八十年の歳月は決して短かすぎたとは言えない。にもかかわらず、近代文化の伝統を確立し、自由な批判と柔軟な良識に富む文化層として自らを形成することに私たちは失敗して来た。そしてこれは、各層への文化の普及滲透を任務とする出版人の責任でもあった。

一九四五年以来、私たちは再び振出しに戻り、第一歩から踏み出すことを余儀なくされた。これは大きな不幸ではあるが、反面、これまでの混沌・未熟・歪曲の中にあった我が国の文化に秩序と確たる基礎を齎らすためには絶好の機会でもある。角川書店は、このような祖国の文化的危機にあたり、微力をも顧みず再建の礎石たるべき抱負と決意とをもって出発したが、ここに創立以来の念願を果すべく角川文庫を発刊する。これまで刊行されたあらゆる全集叢書文庫類の長所と短所とを検討し、古今東西の不朽の典籍を、良心的編集のもとに、廉価に、そして書架にふさわしい美本として、多くのひとびとに提供しようとする。しかし私たちは徒らに百科全書的な知識のジレッタントを作ることを目的とせず、あくまで祖国の文化に秩序と再建への道を示し、この文庫を角川書店の栄ある事業として、今後永久に継続発展せしめ、学芸と教養との殿堂として大成せんことを期したい。多くの読書子の愛情ある忠言と支持とによって、この希望と抱負とを完遂せしめられんことを願う。

一九四九年五月三日

後宮の検屍女官

小野はるか

ぐうたら女官と腹黒宦官が検屍で後宮の謎を解く！

大光《だいこう》帝国の後宮は、幽鬼騒ぎに揺れていた。謀殺されたという噂の妃の棺の中から赤子の遺体が見つかったのだ。皇后の命で沈静化に乗り出した美貌の宦官・延明《えんめい》の目に留まったのは、居眠りしてばかりの侍女・桃花《とうか》。花のように愛らしいのに、出世や野心とは無縁のぐうたら女官。そんな桃花が唯一覚醒するのは、遺体を前にしたとき。彼女には検屍術の心得があるのだ——。後宮にうずまく疑惑と謎を解き明かす、中華後宮検屍ミステリ！

角川文庫のキャラクター文芸

ISBN 978-4-04-111240-3

ISBN 978-4-04-111795-8

ISBN 978-4-04-111883-2

准教授・高槻《たかつき》彰良《あきら》の推察

民俗学かく語りき

澤村御影

事件を解決するのは“民俗学”!?

嘘を聞き分ける耳を持ち、それゆえ孤独になってしまった大学生・深町尚哉。幼い頃に迷い込んだ不思議な祭りについて書いたレポートがきっかけで、怪事件を収集する民俗学の准教授・高槻に気に入られ、助手をする事に。幽霊物件や呪いの藁人形を嬉々として調査する高槻もまた、過去に奇怪な体験をしていた――。「真実を、知りたいとは思わない?」凸凹コンビが怪異や都市伝説の謎を『解釈』する軽快な民俗学ミステリ、開講!

角川文庫のキャラクター文芸

ISBN 978-4-04-107532-6

贄《にえ》の花嫁

優しい契約結婚

沙川《すなかわ》りさ

大正ロマンあふれる幸せ結婚物語。

私は今日、顔も知らぬ方へ嫁ぐ——。雨月智世《うづきともよ》、20歳。婚約者の玄永宵江《はるながしょうえ》に結納をすっぽかされ、そのまま婚礼の日を迎えた。しかし彼は、黒曜石のような瞳に喜びを湛えて言った。「嫁に来てくれて、嬉しい」意外な言葉に戸惑いつつ新婚生活が始まるが、宵江は多忙で、所属する警察部隊には何やら秘密もある様子。帝都で横行する辻斬り相手に苦闘する彼に、智世は力になりたいと悩むが……。優しい旦那様と新米花嫁の幸せな恋物語。

角川文庫のキャラクター文芸

ISBN 978-4-04-111873-3

ISBN 978-4-04-112195-5

ISBN 978-4-04-108752-7

王妃さまのご衣裳係

路傍の花は後宮に咲く

結城かおる

第5回角川文庫キャラクター小説大賞隠し玉!

涼国《りょうこく》の没落貴族の娘・鈴玉《りんぎょく》は女官として後宮に入り、家門再興に燃えていた。だが見習いの稽古は失敗続き。真っすぐな性分も災いして、反抗的とされてしまう。主上の寵愛深い側室づき女官となって一発逆転を狙うも、鈴玉を指名したのは地味で権勢もない王妃さまだった。失望する鈴玉だったが、ある小説との出会いが服飾の才能を開花させる。それは自身の運命と陰謀渦巻く後宮をも変えていき……⁉　爽快な王道中華ファンタジー！

角川文庫のキャラクター文芸

ISBN 978-4-04-111514-5